간 떨어지는 분식집

글 박현숙 | **그림** 더미 | **감수** 조현설

# 간 떨어지는 분식집

## ④ 귀신마저 반하는 꼬치

아울북

나는 어렸을 적 무서운 이야기를 좋아했어요. 엄마, 아빠나 할머니, 할아버지께 매일 귀신 이야기를 해달라고 조르곤 했지요. 어른들은 화장실도 못 갈 정도로 무서워하면서 왜 그런 이야기를 좋아하냐고 하셨어요. 하지만 나는 귀신 이야기를 들을수록 귀신들에게 공통점이 있다고 느꼈어요. 귀신들한테 저마다 말하지 못할 슬픈 사연이 있다는 것 말이에요. 그걸 알고 나서는 귀신들이 마냥 무섭지만은 않았어요.

그러던 어느 날, 우리 마을에 기이한 소문이 퍼지기 시작했어요. 마을 입구에 상엿집이 있었는데, 비가 내리는 밤이면 그곳에서 귀신이 나타난다는 소문이었어요. 상엿집에서 손이 불쑥 튀어나와 발목을 잡아당긴다는 거예요. 상엿집은 세상을 떠난 사람이 타고 가는 가마인 상여를 보관해 두는 창고 같은 곳이었거든요. 아이들은 비가 내리는 밤이면 절대 그 근처에도 가지 않으려고 했어요.

갑자기 비가 내리던 어느 겨울 저녁이었어요. 그림 대회를 앞두고 늦게까지 학교에서 그림을 그리다가 집에 돌아가는 길에, 마을 입구에서 울고 있는 친구를 만났어요. 무서워서 상엿집 앞을 지나가지 못하고 있었던 거예요. 나는 친구를 데리고 씩씩하게 상엿집 앞을 지나갔어요. 친구는 무섭지 않냐고 물으며 신기해했어요. 나도 조금은 무서웠지요. 하지만 내 마음속에서 '아무 일도 일어나지 않을 거야'라고 속삭이는 내 목소리가 들렸거든요. 귀신이 나오는 무서운 이야기를 많이 들은 덕분이었던 거예요. 나도 모르게 나의 마음과 이야기를 나누는 시간을 가지면서 두려움에 맞설 수 있었고, 마음이 단단해졌던 거지요.

어려서 무서운 이야기를 좋아했던 나는, 어른이 되어서는 한국 신화를 참 재미있어 했어요. 작가가 되어서는 한국 신화 인물 중에 누군가를 불러내서 작품을 쓰고 싶은 마음이 생겼지요. 그러던 중 우연히 출판사로부터 오싹한 귀신 이야기를 쓰자는 제안을 받았어요. 그렇게 해서 한국 신화에 나오는 바리와 강림을 주인공으로 한 귀신 이야기가 시작되었어요.

과연 이 책에는 어떤 사연을 지닌 귀신들이 등장할까요? 왜 그들은 사람 사는 세상을 떠나지 못하고 있을까요? 바리와 강림, 그리고 사만이는 그 귀신들을 어떻게 도와줄까요?

아마 이 글을 읽는 여러분도 살아가면서 두려움을 느끼는 순간을 여러 번 마주할 수 있어요. 여러분을 두렵게 하는 건 귀신일 수도 있고 귀신이 아닌 또 다른 존재일 수도 있어요. 두려움을 이겨 내기 위해서는 마음이 단단해야 해요. 이 이야기가 세상에 존재하는 모든 무서운 것들과 맞설 수 있게 마음의 힘을 키워 주면 좋겠어요.

동화 작가 **박현숙**

 간 떨어지는, 아, 아니지! 바리 분식집에 온 걸 환영해.

아, 글쎄 음식 간이 좀 안 맞는다고 '간 떨어지는 분식집'으로

소문이 났지 뭐야.

하지만 우리 분식집 음식에는 특별한 힘이 있어.

이승을 떠도는 귀신들이 먹으면 제 모습을 찾고

저승으로 돌아갈 수 있게 되지.

그런데 요새 자꾸 학교에 귀신이 나타난대.

학교는 아이들의 활기찬 기운 때문에

귀신을 찾아 내기가 진짜 힘든 곳이라서

지금까지 만든 떡볶이, 튀김, 김밥보다

더 강력한 음식을 개발해야 하는데, 할 수 있을까?

이름: **바리**

직업: 분식집 사장

원래는 죽은 영혼을 망각의 강에서
저승으로 인도하는 일을 해.
지금은 이승에 떠도는 영혼을 잡기 위해
분식집을 운영하고 있어. 지금까지 원령을
다스릴 수 있는 떡볶이, 튀김, 김밥을
만들었는데 이번에는 꼬치를 개발했어.
이 꼬치의 소스에는 특별한 비밀이 있다는데
과연 무엇일까?

이름: **강림**

직업: 분식집 배달원

저승사자야. 이승에서 영혼을 알아보는 건
저승사자만 할 수 있으니, 분식집에 꼭 필요한
존재지. 그런데 요즘은 원령을 찾는 일에
매일 허탕만 쳐서 바리에게 핀잔을 듣고 있어.
심지어 원령들도 저승사자 따위는 무섭지
않대.
정말 저승사자 체면이 말이 아니야.
이번에야말로 자존심을 회복할 수 있을까?

**이름: 사만이**

**직업: 분식집 보조 요리사**

사만 년 동안이나 저승사자를 피해서 살았는데
바리의 부탁으로 억지로 분식집에 남아있어.
저승사자들에게 정체를 숨기기 위해 '가만이'라
는 가명을 사용 중이야.

**이름: 당당**

**직업: 분식집 보조 배달원**

저승사자야. 강림을 돕기 위해 왔지.
'정보통'이라 불릴 정도로 정보력이 엄청나!
든든한 구원투수가 왔으니 저승의 문턱에서
원령들을 꼬드기는 자가 누군지도 곧 알아낼 수
있겠지?

 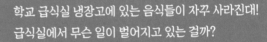
학교 급식실 냉장고에 있는 음식들이 자꾸 사라진대!
급식실에서 무슨 일이 벌어지고 있는 걸까?

 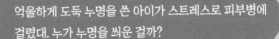
억울하게 도둑 누명을 쓴 아이가 스트레스로 피부병에
걸렸대. 누가 누명을 씌운 걸까?

학교에 귀신이 나온다는 소문이 헛소문이라고 말한
아이들이 다치고있어. 그저 우연일까?

# 위험한 급식실

"정신 차려 보니 내가 바리 분식집에서 일하고 있더라고. 저승사자가 여기서 이러고 있어도 되나 싶지만 궁금해서 말이야. 대체 저승 문턱에서 원령들을 꼬드겨 이승으로 돌려보내는 자가 누굴까? 그걸 알기 전에는 이 분식집을 못 떠날 거 같아."

저승사자들 사이에서 '정보통'으로 불리는 당당이 말라비틀어진 단무지를 씹어 먹으며 말했다.

"저승사자가 둘이나 여기서 딴짓하고 있으면 안 되잖아요? 자기 할 일을 해야지요."

사만이는 당당이 분식집에 머무는 날부터 심장이 덜커덩거려서 살 수가 없었다. 당당이 자신을 빤히 볼 때면 덜커덩거리던 심장이 뚝 떨어지는 것 같았다. 강림은 사만이를 코앞에 두고도 못 알아보지만 당당은 관찰력도 뛰어나고 예리하기까지 했다. 오죽하면 당당이라는 원래 이름보다 '정보통'이라고 더 많이 불릴까. 사만이는 강림과는 확실히 다른 당당과 같이 있는 게 불편하기 짝이 없었다.

그때 분식집 문이 열리며 위아래로 흰색 옷을 입은 아주머니가 고개를 들이밀었다.

"오늘 휴일인데 분식집도 쉬나요?"

"학교가 쉬는 날에는 저희도 쉰답니다. 하지만 배가 고프면 들어오세요. 우리 간 떨어지는 분식집은 배고픈 분을 그냥 보내지 않아요."

바리가 자리를 털고 일어나며 말했다.

"호호호, 간판은 바리 분식집인데 간 떨어지는 분식집으로 불린다는 말이 정말이군요. 저는 요 앞에 있는 초등학교 급식실에서 일하고 있어요."

아주머니가 의자를 끌어당겨 앉으며 말했다.

"아무거나 빨리 되는 거로 주세요."

"떡볶이가 제일 빨라요."

바리가 말하자마자 사만이는 떡볶이 재료를 냉장고에서

꺼냈다. 분식집 안은 금세 달콤하고 매콤한 떡볶이 냄새로 가
득 찼다.

"여기는 장사 잘되지요?"

떡볶이를 기다리며 아주머니가 물었다.

"그런 편이지요."

"그럼 혹시 일하는 사람 안 뽑으세요? 제가 학교 급식실에
서 도우미로 일하는데, 아무래도 그만두어야 할 거 같아서요.
요즘 급식실에서 아주 괴상한 일이 일어나고 있거든요. 이 분
식집에서 일할 사람을 뽑으면 참 좋을 텐데……. 아휴, 하지
만 이미 일하는 사람이 많군요. 코딱지만 한 분식집에 네 사
람이나 있는데 또 사람을 뽑아 뭐 하겠어요."

"괴상한 일이라니요?"

바리 눈이 반짝 빛났다.

"분식집에 오는 아이들한테 못 들은 모양이네요. 급식실에
귀신이 나타나고 있어요."

"귀신이요?"

바리는 귀신이라는 말에 긴장했다. 강림과 당당도 슬그머
니 아주머니 앞으로 다가갔다. 사만이도 주방에서 잠시 나와
아주머니를 바라봤다.

"귀신이 아니면 그런 일이 일어날 수가 없거든요. 냉장고에 넣어 둔 음식 재료가 감쪽같이 사라지기도 하고, 조리사들이 음식을 만들다 잠시 한눈을 팔면 만들어 놓은 음식의 양이 순식간에 줄어들기도 해요. 그것뿐이면 말도 안 해요. 급식 먹던 아이들이 서로 이야기를 하는 사이 식판에 있던 음식들이 사라지기도 하고요. 더 끔찍한 일은……."

아주머니가 얼굴을 찡그리며 말을 멈췄다.

"더 끔찍한 일은요?"

바리가 침을 꼴깍 삼키며 물었다.

"급식실 주방과 급식실 바닥 그리고 복도에 피가 뚝뚝 떨어져 있을 때가 있어요."

아주머니는 몸을 부르르 떨었다.

"급식실에서 일하는 분들 중에 몇은 귀신이 무섭다며 그만뒀어요. 그래서 급식 도우미를 새로 뽑고 있는데 소문을 들었다면 절대 안 오겠지요. 근데 떡볶이는 아직 멀었나요?"

아주머니가 주방을 바라봤다.

"예, 예. 다 되었어요."

사만이가 재빨리 주방으로 뛰어가 떡볶이를 내왔다.

"오호, 매콤한 냄새. 매운 거 먹고 스트레스를 확 풀고 가야겠군."

아주머니가 입가로 새어 나온 침을 호로록 삼키며 말했다.

"그런 괴상한 일이 언제부터 일어났나요?"

바리가 물었다.

"글쎄요. 정확한 날짜는 기억이 안 나네요. 근데 이 떡볶이 정말 맛있어요. 둘이 먹다 둘이 다 사라져도 모를 정도로 환상적인 맛이네요."

아주머니는 떡볶이 한 접시를 눈 깜짝할 새 다 먹었다. 그러고는 또 온다는 말을 남기고 갔다.

이승을 떠도는 모든 원령을 잡아 저승으로 보내야 하는 바리는 잠시 고민한 뒤 입을 열었다.

"음, 학교 안에 원령이 있는 거 같은데 말이야. 그동안의 경험으로 봐서 원령이 학교 안에 있으면 어려운 점이 많아. 학교에 함부로 들어갈 수가 없으니 만나는 것부터가 어렵거든. 그래서 말인데 강림이 급식 도우미로 취직하는 건 어떨까? 지금 새로 뽑고 있다니 얼마나 좋은 기회야?"

"강림이 혼자 가는 게 망설여진다면 내가 같이 가 주지."

당당이 나섰다.

"그래요. 그렇게 해요. 혼자보다 둘이 낫잖아요."

당당이 같이 간다는 말에 사만이가 얼른 말했다. 하루라도 당당의 얼굴을 안 보고 마음 편히 살고 싶었다.

강림과 당당은 학교 급식 도우미가 되기 위해 서류를 내고 면접도 봤다. 그렇게 급식 도우미로 취직을 했다.

강림과 당당의 첫 출근 날 새벽부터 부슬비가 부슬부슬 내렸다. 비가 내려서인지 공기도 한없이 축축하고 묵직했다.

"흡."

"헉."

급식실에 들어간 강림과 당당은 약속이나 한 듯 동시에 얼굴을 찡그렸다. 급식실에서 원령의 기운이 느껴졌다. 강림은 주방에서 일하고 있는 영양사나 조리사, 급식 도우미 선생님들을 한 명 한 명 살펴봤다. 이들 중에 원령은 없었다.

"며칠 전에 분식집에 왔던 그 급식 도우미 아주머니는 그만두었군. 그나저나 지금 급식실에는 원령이 없어. 그런데도 원령의 기운이 이 정도로 느껴진다는 건 아주 강력한 힘을 지닌 원령이 급식실에 드나든다는 뜻이지."

강림은 급식실을 둘러봤다. 넓고 넓은 급식실에 원령의 기운이 파도를 타듯 넘실거리고 있었다.

"기운이 센 원령이면 달래서 저승으로 보내는 일이 쉽지 않겠는걸. 바리에게 원령이 먹을 음식을 더 강력하게 만들라고 말해야겠어."

강림은 점심시간에 급식을 받는 아이들 중에서 원령의 기운이 느껴지는 아이를 찾으려고 했다. 하지만 첫 출근을 한 강림과 당당은 일이 서툴렀고, 일이 서툰 만큼 눈코 뜰 새 없이 바빴다.

점심시간이 지나고 바리는 강림과 당당이 퇴근하기를 목

빠지게 기다리고 있었다.

"기운이 강한 원령 같다는 말이지? 강력한 음식을 개발해야겠군. 뭘 만들어야 좋을까?"

강림의 말을 듣고 바리가 물었다.

"꼬치 어때요? 아이들이 꼬치에 끼워진 걸 하나씩 빼 먹는 걸 되게 좋아하더라고요. 탕후루가 인기 있는 것도 그 이유일 거예요. 고기와 채소로 꼬치를 만들고, 그 위에 먹으면 원령이 제 모습을 드러내는 특별한 소스를 발라 주는 거지요."

사만이가 말했다.

"흠, 그거 괜찮은 아이디어다. 문제는 소스로군."

바리는 사만이와 함께 특별한 소스 개발에 들어갔다. 엄청나게 센 원령이라도 먹기만 하면 제 모습을 드러낼 수밖에 없는 소스를 만드는 일에 집중하기 위해 잠시 분식집 문도 닫았다.

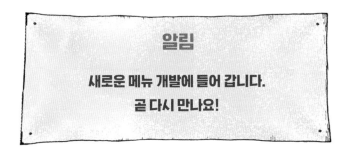

알림

새로운 메뉴 개발에 들어 갑니다.
곧 다시 만나요!

"우리 급식실 주방에 꼭 필요한 인재가 왔네요. 무거운 것도 번쩍번쩍 드니 얼마나 좋아요."

급식 도우미 선생님들은 강림과 당당을 좋아했다. 급식 도우미 선생님들은 대부분 나이가 많은 편이었다. 무거운 것을 들 때는 허리도 아프고 팔도 아팠다고 했다. 강림과 당당은 아무리 무거운 것도 한 손으로 들었다. 특히 급식 도우미 선생님들과 수다를 잘 떠는 당당의 인기는 폭발적이었다.

"당당, 일하면서 주변을 잘 살펴봐야 해. 수다 떠는 데만 너무 정신 팔지 말고 말이야."

강림은 당당에게 주의를 주었다.

"별 걱정 다 하는군. 나는 내가 해야 할 일을 잊지 않아. 내가 다른 급식 도우미 선생님들과 수다를 떠는 건 정보를 얻어 내기 위해서야. 내 별명이 정보통 아닌가. 원령이 언제부터 나타났는지 정확히 알아야 하지 않나? 그래야 원령에게 시달리는 사람이 지금은 어느 정도의 상태인지 짐작도 할 수 있고 말이야."

당당이 말했다.

강림과 낭당은 일을 하면서도 주변을 잘 살폈다. 그리고 아이들이 올 때는 아이들을 한 명 한 명 살피는 것도 게을리하지 않았다. 하지만 강림과 낭당이 급식실에 출근한 지 사흘이 지나도록 아무 일도 일어나지 않았다.

"이번 주는 이상하네. 왜 괴상한 일이 일어나지 않지? 음식이 전혀 사라지지 않아. 귀신이 학교를 떠났나? 아휴, 귀신이라는 말만 해도 몸이 떨리네."

급식 도우미 선생님 중에 나이가 제일 많은 황순자 급식 도우미 선생님이 말했다. 황순자 급식 도우미 선생님은 어깨를 부르르 떨기도 했다.

"하하하. 귀신이 뭐가 무서워요. 걱정하지 마세요. 제가 귀신도 잡는 사람이거든요. 귀신이 아직 학교에 있다고 해도 나타나면 제가 한 손으로 확 휘어잡을 겁니다. 그런데 귀신이 언제부터 나타났나요? 잘 생각해 보세요."

당당이 주먹을 불끈 쥐며 큰소리쳤다.

"귀신을 잡아요? 호호호. 어떻게 사람이 귀신을 잡아요? 하지만 든든하긴 하네. 그러니까 그게 언제부터였더라……?"

황순자 급식 도우미 선생님은 기억을 해 보려는 듯 눈을 끔벅거렸다. 그때 조리사 선생님들 중 한 명이 말했다.

"한 보름 되었지요. 비가 엄청나게 쏟아지던 날이었어요."

"아, 맞아, 맞아. 바로 그날이었지. 오징어튀김이 반찬으로 나가는 날!"

황순자 급식 도우미 선생님이 이제야 생각난 듯 말했다.

"그날 제가 오징어튀김을 튀기고 있었어요. 오징어튀김을 몇백 개나 튀겨야 하니까 얼마나 바빴겠어요? 다른 데 눈 돌릴 틈이 없었지요. 정신없이 기름통에서 오징어튀김을 건져 바로 옆에 있던 소쿠리에 담았죠. 그런데 마지막 남은 오징어튀김을 건지고 나서 소쿠리를 보니 오징어튀김의 수가 확 줄어 있는 거예요. 귀신이 곡할 노릇이었죠."

"맞아요. 그래서 할 수 없이 오징어튀김을 반으로 잘라서 배식했다니까요."

황순자 선생님이 조리사 선생님의 말을 거들었다.

"그럼 누군가 주방에 들어왔다는 건데 아무도 몰랐어요?"

강림이 물었다.

"나는 전혀 몰랐는데 검은 그림자가 옆을 스쳐가는 듯한 느낌을 받았다는 사람이 있었어요."

"누구죠? 그런 느낌을 받은 분이?"

"그분은 이미 일을 그만뒀어요. 무섭다고."

"으악, 이를 어째!"

그때 급식 도우미 선생님 중에 한 명이 소리쳤다.

"갈비찜이 반이나 사라졌어요!"

조리사 선생님과 급식 도우미 선생님들 모두 갈비찜 통 앞으로 몰려갔다.

"아이고야, 얘기하느라 정신이 팔려 있었네. 이를 어쩌나."

모두들 어쩔 줄 몰라 했다. 강림은 당황했다.

"이럴 수가! 저승사자가 둘이나 있는데 원령이 왔다 간 걸 몰랐다니."

당당도 당황한 얼굴이었다.

"원령이라면 저승사자를 알아볼 텐데. 정말 간이 큰 원령이군. 보통이 아니야."

"급식 시간에 아이들이 오면 잘 살펴보자고. 아이들이 많으면 아이들 기운 때문에 원령의 기운을 느끼기 힘들 거야. 기운으로 원령을 찾기보다는 눈에 띄게 얼굴이 창백한 아이가 있는지 봐. 지금까지의 경험으로 봐서 원령이 몸에 들어간 아이 얼굴은 한없이 창백했거든."

강림은 당당에게 당부했다.

강림과 당당은 빈 식판들을 주방으로 나르며 아이들을 살폈다. 특별히 창백하거나 핼쑥한 아이는 눈에 띄지 않았다.

"아앙. 내 반찬 없어졌어."

식판 긁는 소리가 요란한 급식실에 울음소리가 터져 나왔다. 강림과 당당은 울음을 터뜨린 아이에게 달려갔다. 아이는 옆에 앉은 친구와 얘기하는 사이 반찬이 없어졌다고 했다. 강림과 당당은 눈을 부릅뜨고 원령이 몸에 들어갔을 법한 아이를 찾았지만 실패했다.

"저승사자의 체면이 말이 아니군."

강림은 자존심이 상했다. 이렇게 아무것도 하지 못하고 원령에게 당했다는 생각에 화도 났다. 다음 날에도 아이들 식판에 있던 반찬이 사라지는 일이 또 일어났다. 그다음 날에도 마찬가지였다. 강림과 당당 보란 듯이 음식이 사라졌다.

"머리에 뿔이 달린 검은 그림자를 봤어."

"뒤에서 뭔가 노려보는 듯한 느낌이 들더니 음식이 갑자기 사라졌어."

"누군가 내 귀에 대고 쉰 목소리로 '이거 내가 먹어도 되지?'하고 물어봤어. 악! 무서워."

아이들 사이에는 괴상한 소문이 꼬리에 꼬리를 물고 퍼졌다. 급기야 몇몇 아이들은 귀신이 무서워서 급식실에 가지 않고 교실에서 밥을 먹겠다고 했다. 그러나 급식실이 아닌 복도, 화장실에서도 검은 그림자를 봤다는 소문이 났다. 학교는 그야말로 뒤숭숭했다.

"빨리 원령을 찾아야 하는데 답답하군. 아무리 찾아봐도 얼굴이 창백한 아이가 없으니 원. 아이들이 수백 명이나 되니 원령을 기운으로 찾기가 너무 어려워. 원령의 세고 강한 기운이 이렇게 감쪽같이 가려지다니…….'

강림은 원령의 강한 기운을 덮는 아이들의 활기찬 기운이 얼마나 놀라운지 또 한 번 깨달았다.

강림과 당당이 학교에서 애를 먹는 사이, 바리는 꼬치 소스 개발을 마쳤다. 떡볶이의 매운맛과 튀김의 고소한 맛, 김밥의 새콤달콤하며 담백한 맛을 골고루 뒤섞은 맛이었다. 세 가지 음식의 맛이 꼬치 소스 하나에 모이자 원령을 다스리는 힘도 세 배가 되었다.

"떡볶이와 튀김, 김밥의 힘이 몽땅 더해졌지. 이보다 더 강할 수는 없어. 이름하여 '귀신마저 반하는 꼬치'!"

바리는 자신만만했다.

"빨리 원령을 찾아야 이걸 먹일 텐데."

바리는 매일 허탕만 치고 오는 강림과 당당이 답답했다.

강림과 당당이 급식실에서 일한 지 열흘째 되는 날, 새벽부터 폭우가 쏟아졌다.

"강림, 비가 쏟아지던 날 처음 그 일이 일어났다고 했지? 어쩐지 오늘은 더 큰일이 발생할 거 같아. 다른 날보다 일찍 출근해 보는 게 좋겠어."

바리의 말에 강림과 당당은 다른 날보다 일찍 출근했다.

"당당, 저게 뭐지? 핏자국 아닌가?"

급식실 바닥에 피가 뚝뚝 떨어져 있었다. 강림은 바닥의 피를 손가락으로 만져 봤다. 아직 마르지 않은 상태였다. 핏자국은 냉장고 앞에서 시작해 복도로 이어지고 있었다.

"오늘 급식 반찬 중에 소고기볶음이 있지. 원령이 소고기를 가져간 거군."

강림과 당당은 핏자국을 따라 걸었다.

-우르릉 쾅쾅.

천둥소리가 울리는 복도에 떨어진 핏자국은 유독 선명해 보였다. 핏자국은 3층으로 이어지다 5학년 1반 앞문에서 끝났다. 강림과 당당은 조심스레 5학년 1반 교실로 들어갔다.

"흡."

강림은 교실에서 아주 강한 원령의 기운을 느꼈다. 하지만

교실은 텅 비어 있었다. 강림과 당당은 원령을 찾기 위해 사물함과 청소함까지 샅샅이 뒤졌다. 하지만 무엇도 찾을 수가 없었다.

"아무것도 없는데 원령의 기운이 이렇게 많이 느껴진다는 건 원령이 강력하다는 증거야. 5학년 1반 아이들이 걱정되는군. 이 반에 원령에게 몸을 빼앗긴 아이가 분명 있을 거야. 이 반 아이 중에 얼굴이 창백한 아이가 있는지 봐야겠군."

강림은 다시 한 번 교실을 둘러본 다음 당당과 교실에서 나왔다. 그때 강림과 당당은 미처 발견하지 못했다. 교실 천장에 박쥐처럼 납작 붙어 있는 아이가 있었다는 걸.

점심시간, 아이들의 밥과 반찬이 다른 때보다 훨씬 더 많이 사라졌다. 강림과 당당은 눈에 불을 켜고 아이들을 살폈다. 그러나 아무리 봐도 5학년 1반에 창백한 아이는 없었다.

🌱

"아귀인 거 같아. 아귀는 굶어 죽은 원령이야."

바리는 틀림없다고 했다.

"5학년 1반 아이들 중에 비정상적으로 많이 먹는 아이를 찾아봐. 아귀는 먹어도 먹어도 배가 고픈 귀신이거든.”

“그렇다면 요즘 들어 살이 부쩍 찐 아이를 찾아야 하는 건가? 그렇게 먹어 대면 살이 찔 거 아닌가? 우리는 얼굴이 창백한 아이만 찾았는데.”

강림이 말했다.

“그럴 수도 있지만 아닐 수도 있어. 그러니까 두루두루 잘 살펴봐야 해.”

바리는 ‘두루두루’라는 말을 강조했다.

“사장님. 그럼 꼬치도 많이 만들어야 하는 거 아닌가요? 그렇게 많이 먹는 원령이면 한두 개 가지고는 끄떡도 하지 않을 수 있어요.”

사만이가 끼어들었다.

“가만이 말이 맞아.”

당당이 말하며 사만이를 바라봤다. 당당과 눈이 마주친 사만이는 정체를 들킬까 봐 얼른 고개를 돌렸다. 사만이는 저승사자 강림, 당당에게 잡히지 않기 위해 자신을 숨기고 ‘가만이’라는 이름으로 속였다. 가만이가 사만이라는 사실은 오직 바리만 알고 있다.

“원령에게 꼬치를 먹이려면 밤새 만들어야겠군.”

바리가 고개를 끄덕였다.

"그나저나 빨리 찾아내서 저승으로 보내야 해. 결석생이 자꾸 늘고 있거든. 학교가 무섭다고 말이야. 나와 당당이 전략을 좀 짜야겠어. 급식실에서 둘이 할 일을 한 명이 하고 한 명은 원령 찾는 일에 집중하기로 하자."

강림은 당장 당당과 일을 나누기로 했다. 음식을 만들 때는 누가 하고 빈 식판을 나를 때는 누가 할지 정했다.

다음 날 아침 강림과 당당은 어제 원령의 기운을 강하게 느꼈던 5학년 1반 교실을 둘러보기 위해 서둘러 출근했다. 하지만 텅 빈 교실에서는 아무것도 찾을 수 없었다.

점심시간이 되자 아이들이 몰려왔다.

"에이그. 다들 말을 잃어버린 아이들 같군. 시끄럽고 요란해야 아이들인데."

황순자 급식 도우미 선생님이 혀를 끌끌 찼다. 아이들은 빨리 밥을 먹고 급식실에서 나가려고 부지런히 숟가락만 움직였다.

"선생님, 혹시 요즘 유독 살이 찐 아이가 있나요?"

강림은 황순자 급식 도우미 선생님에게 넌지시 물었다.

"글쎄요. 배식을 할 때도 바쁘니까 아이들 얼굴을 자세히 못 봐요."

그때였다.

–으으으아아악.

–우당탕탕탕.

급식실 밖에서 비명 소리와 뛰는 소리가 요란하게 났다. 밥을 먹던 아이들이 숟가락을 멈추고 급식실 문을 바라봤다.

"나가 보자."

강림은 재빨리 밖으로 뛰어나갔다. 아이들이 비명을 지르며 계단을 내려오고 있었다.

"귀신! 화장실 귀신이다."

아이들이 소리쳤다.

"어디에 귀신이 나타났니? 어느 화장실이야?"

강림이 물었다.

"5학년 화장실이요. 화장실 맨 안쪽 칸에서 쩝쩝 소리가 들려요. 문 밑으로 피가 줄줄 흘러요. 으악, 무서워."

아이들은 서로를 부둥켜안기도 했다. 강림은 5학년 화장실이 있는 3층으로 뛰어올라 갔다. 하지만 5학년 화장실은 텅비어 있었다. 아이들 말대로 화장실 맨 안쪽 칸 바닥에는 핏자국이 있었다.

"강림, 찾았어."

당당이 달려와 말했다.

"찾다니? 뭘?"

"원령."

당당이 목소리를 낮췄다.

"아이들이 하는 말을 듣고 황순자 급식 도우미 선생님이 냉장고를 열어 봤는데 말이야. 내일 반찬을 만들려고 사 놨던 소고기 덩어리가 사라졌어. 언제 꺼내 갔는지는 몰라. 그런데 내가 3층으로 오는데 말이야, 나를 보더니 피하는 아이가 있었어. 눈이 마주치니까 황급히 아이들 속으로 들어가더군. 그런데 그 눈빛이 말이야, 저승사자의 느낌으로 딱 원령이야. 더 확실한 증거는 그 아이 입가에 피가 묻어 있었다는 거야."

"얼굴 기억해?"

강림이 물었다.

"당연하지. 그 원령은 우리가 저승사자인 걸 알고 있어. 그러니까 나를 보자마자 원령의 기운을 감추려고 아이들 속으로 뛰어들어 간 거지."

"덩치는? 살이 찐 편인가?"

"아니, 아주 말랐어."

"얼굴이 창백해?"

"아니, 불그스름해."

강림은 당당과 함께 그 아이를 찾았다. 하지만 당당이 봤다는 그 아이는 어디에도 없었다. 아이들이 집으로 돌아갈 때 강림은 5학년 1반 아이 중에 한 명이 점심시간에 조퇴했다는 사실을 알게 됐다. 사미수라는 아이였다.

다음 날 강림과 당당은 새벽에 분식집을 나섰다. 오늘 반찬 재료인 소고기가 어제 없어졌다. 그래서 어제 오후에 다시 사서 냉장고에 넣어 뒀다. 바리는 오늘 아침 그 아이가 소고기를 먹기 위해 급식실에 분명 나타날 거라고 말하며 원령에게 먹일 꼬치를 싸 주었다.

아직 어둠이 채 가시지도 않은 새벽이라 그런지 복도는 더 어두컴컴했다.

"많이 먹고 많이 먹고 배불리 먹고 또 먹고 랄라라라라. 먹고 또 먹고 자꾸 먹고 랄랄라라라."

그때 어두컴컴한 복도로 노랫소리가 흘러나왔다. 급식실에서 나는 소리였다.

"나타났군."

강림은 꼬치가 든 종이 가방 손잡이를 꽉 쥐었다.

"아무도 없잖아?"

급식실 주방으로 들어간 강림과 당당은 두 눈을 의심했다. 분명 급식실에서 노랫소리가 흘러나왔는데 아무도 없다니!

"강림. 냉장고가 열려 있어."

"분명 조금 전까지 원령은 급식실 안에 있었어. 원령의 기운이 이 정도로 강한 걸 보면 틀림없어. 순식간에 어디로 사라진 거지?"

강림은 뒷문을 확인했다. 뒷문은 안에서 잠겨져 있었다.

"잠깐. 원령이 아직 여기 있는 거 같아. 원령의 기운이 강하게 느껴져. 밖으로 나갔다면 이 정도 기운이 남아 있을 리

없어."

강림이 조심스럽게 급식실을 훑어봤다.

"내 생각도 같아. 원령이 바로 옆에 있는 것처럼 기운
이 느껴져."

당당도 말했다. 그때였다.

"강림. 이마!"

갑자기 당당이 강림의 얼굴을 가리켰다. 강림은 뭔가 흘러
내리는 듯한 느낌이 드는 이마를 손가락으로 훔쳤다.

"피, 피야!"

강림 손가락에 피가 묻어났다.

강림과 당당은 동시에 급식실 천장을 바라봤다. 아이 한 명
이 천장에 박쥐처럼 붙어 있었다.

"쩝쩝쩝."

아이는 큰 고깃덩이를 물어뜯으며 맛있게 먹고 있었다.

"저 아이군. 네가 사미수지? 내려와."

강림이 소리쳤다.

"나, 사미수 맞아. 그런데 내려가기 싫은데? 아, 이 고기 진짜 맛있다."

사미수가 쩝쩝거리며 고기를 물어뜯을 때마다 피가 뚝뚝 떨어졌다.

"빨리 내려와. 네가 있을 곳은 여기가 아니야. 죽었으면 저승으로 가야지."

"내려가기 싫다고. 잡고 싶으면 올라와서 잡아 봐. 그리고 내가 왜 저승으로 가? 여기에 있으면 먹을 거 실컷 먹을 수 있다고 하던데. 나는 천만년, 만만년, 이곳에서 살 거야. 내가 왜 죽은 줄 알아? 굶어 죽었단 말이야. 맛있는 걸 잔뜩 먹고 배가 부르니까 이렇게 좋은데 왜 여기를 떠나? 어림도 없지. 크크크크."

사미수는 입을 벌리고 웃었다. 그 바람에 입안에 머금고 있던 피가 주르륵 강림의 얼굴로 떨어졌다.

"에잇."

강림이 두 손으로 얼굴을 닦는 그때 급식 도우미 선생님 두 명이 급식실로 들어왔다. 강림과 당당이 급식 도우미 선생님들과 인사하고 나서 다시 천장을 봤을 때 사미수는 이미 그곳에 없었다.

점심시간에 사미수는 급식실에 오지 않았다. 아이들 말로는 또 조퇴를 했다고 했다.

"미수가 원래부터 그렇게 말랐니?"

강림이 아이들에게 물었다.

"아니요. 원래는 통통했어요. 아니지, 통통한 게 아니라 뚱뚱했어요. 그런데 요즘 갑자기 살이 쭉쭉 빠지고 있어요. 그리고 매일 아프다고 말해요."

❧

"자꾸 조퇴해서 피한다고 일이 해결되는 건 아니야. 오늘 급식 반찬에 제육볶음이 있잖아? 난 네가 고기를 좋아하니깐 올 거라 예상했어."

강림은 밤새 급식실에서 잠복을 했고, 새벽에 급식실에 나타난 사미수를 만났다.

"피하기는 누가 피해? 내가 몸이 좀 아파서 조퇴한 건데.

돼지고기를 먹으면 기운이 좀 날 거 같아서 일찍 왔더니, 에 잇, 김새."

사미수는 성질을 부렸다.

"돼지고기 말고 아주 맛있는 게 있지. 너도 먹어 보면 그 맛에 홀딱 반할걸?"

강림은 부드럽고 다정한 목소리로 말했다.

"맛있는 거? 그게 뭔데?"

사미수 눈이 반짝 빛났다. 강림은 한쪽에 밀어 둔 꼬치가 든 종이 가방을 집어 들었다.

"꼴이 그게 뭐냐? 말라도 너무 말랐군. 그렇게 먹어 대는데도 뼈라는 뼈는 다 불거져 보여. 여기 맛있는 꼬치가 아주 많아."

강림은 안타깝다는 표정을 지으며 말했다.

"먹어도 먹어도 배가 고파. 빨리 그거 줘."

사미수가 손을 내밀었다. 당당이 얼른 종이 가방에서 꼬치를 꺼냈다. 호일을 벗기자 꼬치 냄새가 급식실에 진동했다.

"아아, 이 냄새……. 와, 맛있겠다."

사미수 입가로 침이 줄줄 흘러내렸다. 당당이 꼬치 한 개를 사미수에게 내밀었다. 강림은 긴장한 채 꼬치를 먹는 사미수를 지켜봤다.

'급식 도우미 선생님들이 출근하기 전에 얼른 원령을 잡아야 해. 그리고 원령이 본모습을 드러내서 사라지기 전에 누가 이승으로 돌려보냈는지 알아내야 해.'

"좀 더 줘."

꼬치 한 개를 눈 깜짝할 사이에 먹어 치운 사미수가 당당에게 한 걸음 가까이 다가왔다.

"한꺼번에 다 줘."

강림이 당당에게 말했다. 당당은 꼬치가 든 종이 가방을 통째로 사미수에게 안겨 줬다. 사미수는 급식실에 철퍼덕 주저앉아 허겁지겁 꼬치를 먹었다.

"천천히 먹어라. 안 뺏어 먹는다."

강림은 어쩐지 원령이 가엾었다. 굶어 죽을 정도로 배가 고팠으면 그 고통이 얼마나 컸을까.

"집이 많이 가난했었냐? 먹을 게 그렇게도 없었냐?"

강림이 물었다.

"죽으라고 일했지만 늘 가난했지. 땅을 빌려서 농사를 지었는데 땅을 빌리는 값이 얼마나 비싼지 그걸 주고 나면 남는 것이 없었어. 아, 맛있다."

"그런데 말이다. 네가 저승으로 갈 때 저승 문턱에서 너를 꼬드긴 자가 누구냐?"

사미수가 꼬치를 거의 다 먹었을 때 강림이 물었다.

"그건 절대 비밀이지. 크크크. 비밀을 지키기로 약속했거
든. 다 먹었다. 꼬치 더 없어?"

사미수가 마지막 꼬치를 입에 넣고 씹지도 않고 삼키며 물
었다. 강림은 사미수를 뚫어져라 바라봤다. 사미수는 꼬치를
잔뜩 먹었는데도 아무 반응도 보이지 않았다.

"이게 어떻게 된 일이지?"

강림은 어리둥절했다.

"너, 아무렇지도 않냐?"

강림이 사미수에게 물었다.

"더 없어? 에잇, 김새."

사미수는 뒤돌아서더니 금세 사라졌다.

"원령이 먹으면 본모습을 드러내는 꼬치가 맞아? 바리가
잘못 만든 것 같은데? 열 몇 개를 먹었는데 저렇게 아무렇지
도 않을 수는 없잖아?"

당당이 말했다.

"좀 늦게 모습을 드러낼 수도 있어."

강림과 당당은 5학년 1반 교실로 달려갔다. 사미수는 교실

에 없었다. 화장실에도 없었다. 강림과 당당이 급식실로 돌아
왔을 때는 냉장고 문이 활짝 열려 있었고 돼지고기가 없어진
후였다.

"도대체 뭐가 잘못 된 거지?"

분식집에 돌아온 강림의 말을 듣고 난 바리는 당황했다. 새
로 개발한 꼬치 소스가 힘을 발휘하지 못하다니!

"정말 아무렇지도 않았단 말이야?"

바리는 믿을 수가 없었다. 강림에게 똑같은 질문을 백 번도
넘게 했다.

"아무렇지도 않은 정도가 아니야. 나와 당당 보란 듯 돼지
고기도 가져갔으니까."

강림은 날이 가면 갈수록 자존심이 더 상하고 분통도 터졌
다. 바리는 소스를 개발한 과정을 다시 집중해서 되짚어 봤
다. 하지만 어디에서도 잘못된 점은 발견되지 않았다.

"뭐가 잘못된 줄 알아야 고쳐서 다시 개발할 텐데……."

바리의 마음은 타들어 갔다. 혹시 꼬치에 들어가는 고기나
채소에 문제가 있는지 고기와 채소도 다시 한 번 확인했다.
어디에서도 문제점은 드러나지 않았다.

"시간이 더 흐르면 사미수가 위험해지는데, 사미수 모습은

어때?"

바리가 강림에게 물었다.

"우리가 그동안 봐 왔던 창백한 모습은 아니야. 얼굴은 불그스름하고 혈색도 좋아. 그런데 몸이 말도 못하게 많이 말랐어. 하루가 다르게 더 말라 가. 오늘 보니까 처음 봤을 때보다 훨씬 더 말랐더라고. 뼈가 걸어 다니는 거 같더라니까."

"아, 정말 큰일이군. 대체 뭐가 문제지?"

바리는 소스만 찍어 먹어 보기도 하고 꼬치에 발라 먹어 보

기도 했다. 강림과 당당 그리고 사만이도 밤새 꼬치를 먹고
또 먹어 봤다. 새벽이 되었을 때 넷은 배가 불러 숨도 제대로
쉴 수 없었다.

"이제 꼬치는 보기도 싫어."

사만이는 정신없이 트림을 해 댔다.

"그래도 만들어 놓은 건 다 먹어 보자. 먹다 보면 문제점을
찾을 수 있을 거야."

바리가 접시에 수북한 꼬치를 가리켰다. 바리와 강림 그리

고 사만이와 당당은 끅끅거리며 다시 꼬치를 먹기 시작했다.

"사장님!"

사만이가 꼬치를 씹다 벌떡 일어났다.

"소스 맛이 약해졌어요. 꼬치에 바른 소스가 말라서 그런 거 같아요. 어제 강림이 들고 갔던 꼬치를 오늘 아침에 사미수에게 먹였던 거잖아요? 만든 지 하루가 지났으니 꼬치 소스가 많이 말랐을 거고 소스 맛이 약해졌을 거예요. 그 탓이 아닐까요?"

사만이 말에 바리 눈이 번쩍 빛났다.

🌱

"많이 먹어라."

강림은 사미수가 내민 식판에 꼬치를 놓아 줬다. 새벽에 사만이가 말했던 대로 소스를 듬뿍듬뿍 발라 반들반들 윤기가 나는 꼬치였다.

"에이, 불공평해요. 왜 사미수한테만 맛있는 거 줘요?"

"우리 모두에게 줘야지요."

"그리고 사미수는 다이어트를 하는 중이에요. 먹을 거 주는 거 싫어한다고요.”

아이들이 앞다퉈 말했다.

“사미수가 다이어트 중이라고?”

“네, 원래 사미수는 엄청 뚱뚱했었어요. 요즘 다이어트에 성공한 거 같은데 왜 방해해요?”

아이들이 뭐라거나 말거나 사미수는 꼬치를 맛있게 먹었다. 사미수 표정은 전혀 변하지 않았다. 강림은 꼬치 하나로는 어림도 없다는 걸 알게 되었다. 아무리 소스를 듬뿍 발라도 말이다.

“수십 개를 먹게 해야겠어. 그런데 무슨 수로 먹이지? 한 개만 줘도 아이들이 불공평하다고 난리들인데.”

당당이 말했다.

“급식 반찬에 고기가 들어 있는 날 새벽에 와야지. 사미수는 고기를 가지러 급식실로 올 테니까.”

강림은 이번 주 급식 반찬을 확인했다. 목요일인 내일 소불고기가 있었다.

오후에 강림과 당당은 교장실로 불려 갔다.

“왜 두 분을 불렀는지 알고 계시지요?”

교장 선생님은 흘러내린 안경을 치켜올리며 물었다. 안경

너머로 보이는 교장 선생님의 눈빛은 날카로웠다.

"글쎄요, 전혀 모르겠습니다."

강림은 왜 교장 선생님이 자신과 당당을 불렀는지 알지 못했다.

"어허, 정말 모르십니까? 모르신다니 더 큰 문제군요."

교장 선생님의 목소리가 커졌다.

"아, 알겠습니다. 저희가 일을 너무너무 잘해서 칭찬을 하려고 부르셨지요? 저희가 힘이 세서 무거운 것도 번쩍번쩍 들거든요."

당당이 재빨리 나섰다.

"어허, 나 원 참. 그게 아니고요. 아이들 사이에 지금 난리가 났어요. 두 분이 사미수라는 아이만 좋아하고 예뻐서 그 아이한테만 꼬치를 준다고요. 학부모님들 전화가 빗발치고 있어요. 내가 아주 곤란해졌어요."

"예? 겨우 꼬치 하나 줬을 뿐인데요."

"꼬치 하나고 두 개고 개수가 중요한 게 아니에요. 콩알 하나라도 똑같이, 공평하게 주는 게 중요한 거라고요. 이런 식으로 일하시면, 저도 어쩔 수 없어요. 급식실에서 계속 일하게 할 수 없다고요."

"그건 안 됩니다. 절대 안 됩니다."

강림은 벌떡 일어나 손사래를 쳤다. 강림과 당당은 앞으로는 콩 하나라도 똑같이 나눠 주겠다고 약속을 하고 교장실에서 나왔다.

바리와 사만이는 새벽에 일어나 꼬치를 만들었다. 그리고 소스는 강림과 당당이 출근하기 직전에 듬뿍 발랐다. 강림과 당당은 수십 개의 꼬치를 종이 가방에 담아 들고 출근했다.

"소불고기 재료는 왔겠지?"

강림이 교문을 들어서며 당당에게 물었다.

"이제 도착할 시간이지. 채소는 어제 오후에 다 왔고 말이야."

그때 차들이 드나드는 문으로 고기를 납품하는 차가 나가는 게 보였다.

"왔군. 빨리 가자고. 사미수가 급식실에 와 있을 거야."

강림과 당당은 운동장을 가로질러 부리나케 뛰어갔다. 숨을 헐떡이면서 급식실에 도착한 강림과 당당은 숨도 고르지 않고 곧장 주방으로 갔다. 그런데 급식실 주방에 사미수는 없었다.

"어떻게 된 일이지?"

강림은 냉장고 문을 열었다. 고기가 가득 차 있어야 할 자리가 텅 비어 있었다. 강림과 당당이 좀 전에 고기 납품차가 학교에서 나가는 걸 분명 봤는데 이상했다.

"사미수가 벌써 먹어 치운 건가?"

"말도 안 돼!"

사미수가 아무리 빨리 먹을 수 있다 해도 그건 불가능하다. 게다가 주방 냉장고 앞도 너무 깨끗했다.

"고기를 교실로 가지고 올라갔을 수도 있어."

강림과 당당은 재빨리 5학년 1반 교실이 있는 3층으로 올라갔다. 하지만 사미수는 교실에 없었다. 강림과 당당은 화장실에도 가 봤지만, 역시 사미수는 없었다.

"잠깐."

계단을 내려오던 강림은 이상한 소리에 숨을 죽였다. 가만 들어 보니 쩝쩝거리는 소리였다. 소리는 2층 교사 휴게실에서 들렸다.

"헉."

교사 휴게실 문을 연 강림과 당당은 놀라서 입이 쩍 벌어졌다.

사미수가 휴게실에 퍼질러 앉아 소고기를 먹고 있었다.

"크크크크크, 고기가 없어지니까 머리를 썼더군. 여기에 있는 냉장고에 넣어 두면 내가 못 찾을 줄 알고? 아, 배고파. 너무너무 배고파. 많이 먹자, 많이 먹자. 랄라랄라 랄랄랄. 많이 먹어도 배가 고프네."

사미수는 노래를 불러 가며 허겁지겁 소고기를 먹었다.

"이것도 먹어."

강림이 꼬치가 든 종이 가방을 사미수 앞에 내려놨다.

"우아."

사미수는 남은 고기를 한입에 넣고 꼬치가 든 종이 가방을 제 앞으로 끌어 갔다.

"한 개, 두 개, 세 개, 많이 먹자, 많이 먹자. 배부르게 먹자. 네 개, 다섯 개, 맛있다, 맛있다. 또 먹자, 또 먹자. 여섯 개, 일곱 개, 여덟 개……."

사미수는 수를 세어 가며 꼬치를 먹어 댔다. 꼬치가 한도 끝도 없이 입으로 들어갔다.

"많이 먹자, 많이 먹자, 아흔여덟 개, 아흔아홉 개, 백 개!"

꼬치는 모두 백 개였다.

"바리가 백 개나 만들어서 싸 줬군. 그걸 다 먹다니 대단해. 도대체 얼마나 배가 고팠던 거야."

당당이 중얼거렸다.

"저승 문턱에서 너를 꼬드겨 다시 이승으로 돌려보낸 자가 누구냐?"

강림은 원령이 제 모습을 드러내기 전에 서둘러 물었다.

"끄으윽. 아함, 졸려. 배불러서 졸려 보기는 처음이야. 배부르다는 게 이런 느낌이었군."

사미수의 눈이 스르륵 감겼다. 곧 코 고는 소리가 휴게실에 울려 퍼졌다.

-펑!

사미수가 잠든 곳에서 연기가 몽실몽실 피어올랐다. 연기가 사라진 자리에는 한없이 마른 인형 하나가 놓여 있었다. 강림은 급히 인형을 들고 분식집으로 왔다.

"가엾기도 해라. 인형인데도 이 정도로 말라 보이는데 실제로는 얼마나 말랐을까."

바리는 정성을 다해 원령을 달래 저승으로 보냈다.

강림과 당당이 마지막으로 급식실 도우미로 일하는 날, 통통해진 사미수가 밥을 맛있게 먹고 있었다.

"건강한 음식 맛있게 먹고 운동도 하고 열심히 놀아. 그러면 건강해지면서 살도 빠질 테니까. 먹을 걸 안 먹겠다고 고집부리지 말고 다이어트 한다고 무조건 굶지 마."

강림은 사미수 귀에 대고 속삭였다.

# 수상한 선생님들

휘영청 달이 밝았다. 달빛으로 세상이 대낮처럼 밝았다. 누군가 치맛자락을 휘날리며 학교 담장을 넘고 있었다. 사만이는 두 눈을 손등으로 문지른 다음 다시 그쪽을 바라봤다.

-휘리릭!

긴 치마와 긴 머리를 휘날리며 닫힌 담장을 가뿐히 넘은 사람은 유유히 운동장을 가로질러 학교 건물 쪽으로 걸어갔다. 그때 학교 쪽에서 쌔애앵 세찬 바람이 분식집 쪽으로 몰아쳤다.

"어디서 갑자기 원령의 기운이 느껴지지?"

분식집 문을 닫던 강림이 돌아봤다.

안에 있던 바리가 강림의 말을 듣고 부리나케 문 쪽으로 뛰어왔다.

"바람 소리가 들리더니 원령의 기운이 느껴졌어. 어느 쪽에서 불어온 바람이지?"

"원령의 기운이라고?"

"저기요."

사만이가 학교를 가리켰다.

"좀 전에 긴 머리에 긴 치마를 입은 사람이 닫힌 학교 담장을 넘어가고 난 다음에 바람이 불었어요."

"학교 담장을 넘어갔다고? 그렇다면 학교에 또 원령이 나타난 건가?"

강림이 얼굴을 찡그렸다.

"왜 자꾸 학교야? 아이들의 활기찬 기운 때문에 원령 찾아내기가 진짜 힘든 곳이 학교인데. 그리고 학교에 들어가기도 어렵고. 그렇다고 다시 급식 도우미로 취직을 할 수도 없고 말이야. 안녕히 계시라고, 그동안 고마웠다고 인사까지 다 하고 그만뒀는데 다시 가는 건 어쩐지 좀……."

"게다가 우리는 한 아이에게만 맛있는 걸 챙겨 주는 불공평한 급식 도우미라고 교장 선생님이 별로 안 좋아하잖아."

강림 말에 당당이 맞장구쳤다.

"학교에 원령이 나타나면 무슨 수를 써서라도 학교에 들어가야 해. 그나저나 이번엔 어떤 원령일까? 아귀처럼 많이 먹을까? 아귀처럼 꼬치를 많이 먹어도 끄떡없을까? 내가 그걸 대비해서 꼬치를 업그레이드시키기 위해 연구 중이긴 하지. 하나만 먹어도 열 개를 먹은 거 같은 힘을 발휘하는 꼬치! 원령들이 점점 더 강해지니 내가 더 긴장하게 되는군. 얼른 완성시키고 내일부터는 우리 분식집에 오는 아이들을 더 잘 관찰하도록 해야겠어."

바리 말에 다들 고개를 끄덕였다.

며칠 후 꼬치를 먹으며 떠들던 몇몇의 아이들이 갑자기 목소리를 확 낮췄다. 그러고는 슬슬 주변 눈치를 보며 속닥거렸다.

'뭔가 비밀스러운 이야기를 하는 모양이군. 원령과 관련된 이야기일 수도 있어.'

바리는 귀를 기울였다.

"억울한 거 같지 않니? 나는 나휼이가 억울한 거 같아. 그럴 애가 아니거든."

"나도 그렇게 생각해. 억울한 누명을 쓴 게 확실해. 이래도 되는 거니?"

"쉿! 조용히 해. 나흘이랑 같은 편이라고 몰려서 우리까지 억울해질 수도 있어."

바리는 아이들이 하는 말과 며칠 전 학교 담장을 넘어간 긴 머리에 긴 치마를 입은 사람과 관련이 있을 거라는 생각이 들었다. 바리는 커다란 그릇에 어묵과 국물을 잔뜩 담아 아이들 탁자 위에 놓았다.

"우리는 어묵탕 안 시켰는데요?"

"서비스야. 꼬치랑 같이 어묵을 먹으면 환상적인 맛을 느낄 수 있거든. 김밥도 줄까? 그래그래, 어묵탕 국물에는 김밥이 빠질 수 없지."

바리가 사만이를 바라봤다. 사만이는 눈 깜짝할 사이에 김밥을 내왔다.

"공부하느라고 힘들지? 몇 학년 몇 반이니?"

바리는 슬그머니 의자를 끌어와 아이들 옆에 앉았다.

"5학년 2반이요. 그런데 이렇게 공짜로 많이 줘도 괜찮아요? 이러다 분식집이 폭삭 망하면 어떻게 해요?"

"에이, 별 걱정을 다 한다. 폭삭 망하는 일은 절대 없으니까 많이 먹으렴. 그나저나 내가 좀 전에 얼핏 들으니까 누가 억울한 일을 당했다고 하던데 무슨 일이니? 나한테 얘기하면 상담을 해 주마. 내가 분식집을 열기 전에는 상담하는 일을 좀 했거든."

바리는 다정하고 부드럽게 말했다.

"우리 말을 들었어요?"

아이들이 당황해서 서로를 마주봤다. 그러고는 약속이나 한 듯 손바닥으로 입을 틀어막는 시늉을 했다.

"혹시 그 선생님과 관련이 있는 거니? 긴 머리의 선생님 말이다. 긴 치마를 자주 입기도 하지."

바리는 아이들 눈치를 보며 넘겨짚었다. 담장을 넘던 그 사람이 원령이 맞다면 선생님으로 나타날 확률이 높았다. 아이들 눈이 동시에 동그래졌다.

"어, 어, 어떻게 아셨어요?"

"응? 아, 엊그제 떡볶이를 먹으러 온 아이한테 들었거든."

바리는 말을 하면서도 자신이 신통방통했다. 어쩜 이렇게 딱 맞아떨어지는 거짓말이 술술 나오는지 신기했다.

"말해 봐. 무슨 일이니? 선생님이 나휼이라는 아이에게 억울한 누명을 뒤집어씌웠니? 걱정하지 마. 너희가 한 말은 모두 비밀로 해 주마."

바리는 '비밀'이라는 단어에 힘을 주었다.

"그, 그게……. 말 못해요. 말을 하면 우리도 억울해질 일이 생길 거예요. 우리 담임 선생님이 다시 올 때까지 입을 딱 다물고 있을 거예요."

"긴 머리에 긴 치마를 즐겨 입는 선생님이 니네 담임 선생님이 아니니?"

"우리 선생님은 교통사고로 좀 다치셔서 입원을 하셨거든요. 4학년 1반 선생님 자동차를 같이 타고 가다가 사고가 나서 두 달 정도 입원해야 한다고 했어요. 두 달이 지나면 우리 선생님이 다시 오실 거예요."

"흠흠. 긴 머리에 긴 치마를 즐겨 입는 선생님은 임시 담임 선생님이시구나."

"맞아요. 얘들아, 가자. 분식집 사장님이 자꾸자꾸 뭘 물어봐서 안 되겠어."

한 아이가 자리를 털고 일어났다. 그러자 다른 아이들도 벌떡 일어났다.

"강림, 강림."

바리는 급히 강림을 불렀다.

"아무래도 강림과 당당이 다시 학교로 들어가야 할 거 같

아. 급식 도우미가 어려우면 지킴이 선생님은 어떨까?"

바리는 마음이 급했다.

"우리가 되고 싶다고 해서 되는 게 아니잖아? 지킴이 선생님을 뽑지도 않는데 무턱대고 시켜 달라고 할 수는 없어."

강림이 말했다.

"그럼 어쩌지?"

바리와 강림 그리고 사만이와 당당은 생각에 잠겼다. 잠시 후 바리가 입을 열었다.

"이러는 건 어떨까? 가만이가 전학생이 되는 거야."

"제가요? 저는 원령의 기운을 느낄 줄도 모르고 원령을 만났을 때 제압할 만큼 힘도 세지 못해요. 저는 그저 평범한 노인……. 아니, 사람일 뿐이라고요. 그리고 분식집에 왔던 아이들은 다 제 얼굴을 알아요. 제가 분식집에서 하루이틀 일한 것도 아니고."

"그건 걱정하지 마. 변장하면 되지. 그리고 가만이 너만 가라는 게 아니야. 당당이 가만이 아빠가 되는 거지."

"내가? 나는 급식 도우미를 하는 바람에 얼굴이 이미 알려져 있어."

"변장을 하면 되지. 당당은 평범한 얼굴이야. 살짝 변장하면 아무도 못 알아볼 거야. 당당이 별난 아빠가 되는 거지. 아이를 매일 학교 안에까지 데려다주고 데려오는 아빠 말이야. 그러면서 원령의 기운이 느껴지는지 살펴보는 거지. 어때, 내 아이디어가?"

바리가 말했지만 당당과 사만이는 곤란한 표정이었다.

"원령에게 시달리고 있는 나휼이라는 아이를 구해야지."

바리가 하도 간절하게 말하는 바람에 당당과 사만이는 더 이상 아무 말도 하지 못했다. 바리는 사만이와 당당의 등을 떠밀어 시장으로 보냈다.

둘은 시장에 가서 초등학생들 사이에 유행하는 옷도 사고 가방도 사고 운동화도 샀다. 분식집에서 일하던 사람이라는 걸 감추기 위해 굵은 검은 테 안경도 샀다. 검은 테 안경을 쓰자 사만이는 완전히 딴 사람처럼 보였다.

❧

"꼭 2반이 되고 싶어요. 며칠 전부터 꿈에 저희 할아버지께서 나오셔서 전학을 가면 2반이 되어라, 이러셨거든요. 2반에 가면 진정한 친구를 사귈 수 있다고요. 사실은 제가 친구를 잘 사귀지 못하는 성격이라서요. 친구가 없으면 너무너무 심심하고 외로워요."

사만이는 바리가 시킨 대로 말했다.

"흠흠. 마침 5학년 2반에 빈자리가 있어요. 지난달에 전학 간 아이가 있었거든요."

사만이는 원하던 대로 나휼이라는 아이가 있는 5학년 2반으로 가게 되었다.

"이상하네."

5학년 교실이 있는 3층으로 올라가며 당당이 중얼거렸다.

"우리는 5학년 2반 선생님을 의심하고 있잖아? 그런데 2층에 올라서는 순간 저기 저 교실에서 원령의 기운이 흘러나온단 말이야."

당당이 계단 바로 옆에 있는 4학년 1반 교실을 가리키며 사만이 귀에 대고 속삭였다. 하지만 교실을 안내하는 선생님의 걸음이 빨라서 잠시 멈춰 서서 4학년 1반 교실을 엿볼 수 없었다. 당당이 갑자기 걸음을 멈추고 말했다.

"아이고 참, 제가 집 가스레인지 위에 국을 올려 두고 왔네요. 저는 빨리 집에 가 봐야 할 거 같아요."

당당의 말을 듣고 안내하던 선생님이 놀라서 말했다.

"어머나! 빨리 가 보세요. 불이 나면 큰일이죠."

"웬 국을 올려 놔요?"

사만이가 말하는 순간 당당이 조용히 하라는 눈짓을 보냈다. 그러고는 사만이에게 재빨리 속삭였다.

"깜박했어. 원령은 저승사자를 알아봐. 왜 우리가 그 생각을 못 했을까? 5학년 2반 선생님이 원령이면 첫날부터 정체가 들통나게 돼. 그러면 곤란하지. 내가 몰래 따라 올라갈 테니까 걱정하지 마."

사만이는 당당의 말을 금방 알아듣고 더 뭐라 하지 않았다. 사만이와 안내하는 선생님이 3층으로 올라가고 난 후 당당은 4학년 1반 교실 앞문에 귀를 댔다. 수업하는 소리가 흘러나오는 4학년 1반 교실에서는 원령의 기운도 같이 흘러나왔다.

'이게 어떻게 된 일이지? 5학년 2반 선생님이 원령 아니었나? 수업 중에 문을 열고 확인해 볼 수도 없고.'

당당은 고개를 갸웃거리며 살금살금 3층으로 올라갔다. 그리고 모퉁이에 몸을 숨기고 5학년 2반을 바라봤다. 사만이와 안내하는 선생님이 교실 앞문 앞에서 긴 머리에 긴 치마를 입은 선생님과 이야기를 나누고 있었다.

'어? 5학년 2반에서도 원령의 기운이 느껴지는데? 이게 어

떻게 된 일이지? 일단 돌아가서 바리에게 알려야겠군.'

당당은 재빨리 학교에서 나왔다.

'그날 밤 학교 담장을 넘던 그 사람이야. 그럼 원령이야.'

사만이는 '장화'라는 이름표를 왼쪽 가슴에 달고 있는 5학년 2반 임시 선생님을 보는 순간 단박에 알 수 있었다.

"어디 앉을까?"

장화 선생님이 교실을 둘러봤다.

"음, 자리가 저기뿐이니 어쩔 수 없군. 저기 가서 앉아라."

장화 선생님은 창가 맨 뒤에 혼자 앉아 있는 아이 옆자리를 가리켰다. 꼭 집어 말할 수는 없지만 뭔가 못마땅한 표정이었다.

"안녕?"

사만이는 자리에 앉으며 한쪽 손을 살짝 들고 웃어 보였다. 그때 앞에 앉은 아이가 획 돌아보더니 눈을 끔벅였다.

"지석아, 앞에 보고 앉아야지."

눈을 끔벅이던 아이는 장화 선생님이 큰 소리로 말하자 소스라치게 놀라 앞을 바라봤다. 사만이는 아이들을 둘러봤다.

'분식집에 왔던 아이들도 있군. 지석이란 아이는 엊그제 왔던 아이야.'

몇몇 아이는 사만이 눈에 익었다. 사만이는 옆에 앉은 아이가 어쩐지 나휼이 같아 물어보았다.

"네가 나휼이니?"

고개를 끄덕이는 아이와 눈이 마주친 사만이는 깜짝 놀랐다. 얼굴이 좀 이상했다. 양볼에 좁쌀 같은 게 오돌토돌 났을 뿐만 아니라 이마에는 여드름 같은 게 나 울긋불긋했다.

"내 얼굴에 뭐가 많이 났지?"

사만이가 빤히 바라보자 나휼이는 손바닥으로 얼굴을 문질렀다.

"요즘 스트레스를 많이 받아서 그래."

"수업 시간에는 수업에 집중해야지!"

그때 장화 선생님이 말했다. 목소리도 얼굴 표정도 날카로웠다.

쉬는 시간에 사만이가 화장실에 가는데 지석이가 달려왔다. 사만이는 지석이가 자신을 알아보는 거 같아 가슴이 덜컥 내려앉았다.

"나휼이랑 친하게 지내면 안 돼. 너는 아무것도 모르니까 내가 알려 주는 거야."

지석이가 낮은 목소리로 말했다.

"왜 나휼이랑 친하게 지내면 안 돼? 자세히 말해 주어야 나휼이랑 친하게 지내든가 말든가 하지. 무슨 일이야?"

사만이는 이때다 싶어 빠르게 물었다.

"그건……. 내가 이런 말을 했다는 건 비밀이야, 알았지? 며칠 전에 장화 선생님의 휴대폰이 사라지는 일이 일어났어. 세상에 교실에서 선생님의 물건이 사라지다니! 그런 일이 어떻게 일어날 수 있는지 모두들 당황해했거든. 몇몇 아이들은 장화 선생님을 의심했어. 다른 곳에서 잃어버리고 교실에서 잃어버린 걸로 착각하는 거라고 말이야. 그런데 그날 오후에 나휼이 사물함에서 선생님 휴대폰이 나왔지 뭐야. 나휼이가 뭔가 꺼내다가 선생님 휴대폰이 교실 바닥에 떨어진 거지."

"그럼 나휼이가 선생님 물건에 손을 댄 거야?"

사만이 눈이 휘둥그레졌다.

"나휼이는 아니라고 펄쩍 뛰었어. 그런데 휴대폰이 무음으로 설정되어 있었어. 선생님은 휴대폰을 단 한 번도 무음으로 설정해 본 적이 없으시대. 그러니까 나휼이가 선생님 휴대폰에 손을 대고 무음으로 설정한 다음 자기 사물함에 감춰 뒀다는 거지. 그런데 중요한 건……."

지석이가 잠시 말을 멈추고 침을 꼴깍 삼켰다.

"나휼이는 그런 애가 아니야. 정직하고 착해. 친구들이 어려운 일을 겪으면 제일 먼저 나서서 도와주는 아이라고."

"그러면 나휼이를 도와주어야지. 장화 선생님은 나휼이에 대해 잘 모르실 거 아니야?"

사만이는 말만 들어도 답답했다.

"도와주려고 했지. 나휼이는 그런 아이가 아니라고 말도 했어. 하지만 중요한 건 증거잖아. 선생님 휴대폰이 나휼이 사물함에서 나왔다는 거. 아이들 중에는 실수일 거라고 말하는 아이도 있었어. 그런데 선생님이 무섭게 변했어. 증거가

있는데 자꾸 딴말을 하는 아이는 나흘이와 짜고 선생님 휴대
폰에 손을 댄 아이라는 거야. 그 말을 듣고 어떻게 나흘이 편
을 계속 들 수가 있겠니? 잘못하다가는 나흘이랑 같은 휴대
폰 도둑으로 몰리는데. 허억.”

　지석이가 갑자기 깜짝 놀랐다. 사만이도 소스라치게 놀랐
다. 소리도 없이 눈앞에 장화 선생님이 나타났다. 지석이는
잽싸게 교실로 뛰어갔다.

"니네들 무슨 얘기했니?"

장화 선생님이 사만이에게 물었다.

"아, 아무 말도 안 했는데……. 아! 지석이가 혹시 똥이 마려우면 화장실 맨 안쪽 칸에서 누라고 알려 주었어요. 맨 안쪽 칸에 비데가 있다고요."

사만이는 재빨리 둘러댔다.

"흠흠, 그래?"

장화 선생님은 사만이를 뚫어지게 바라봤다. 사만이는 자기도 모르게 움찔거렸다.

"너, 혹시 남의 일에 관심이 많고, 참견하기를 좋아하는 아이니?"

장화 선생님이 물었다.

"아, 아, 아니에요."

"그래? 그렇다면 다행이구나. 괜히 남의 일에 참견하거나 끼어들지 말고 가만히 있어라. 만약 촐랑대고 끼어들면 너도 학교생활이 힘들어질 거니까. 무슨 말인지 알겠니? 그나저나 너 열두 살 맞니? 피부가 열두 살 피부가 아닌 거 같은데? 백 살은 넘은 사람으로 보이는구나."

장화 선생님 말에 사만이는 가슴이 덜컥 내려앉았다.

"무, 무, 무슨 그런 말씀을……? 엄마한테 말할 거예요."

사만이는 턱을 치켜들고 말했다.

"알았다. 뭐 스트레스를 너무 많이 받아서 그럴 수도 있겠네. 아무튼 주의 사항을 말해 줄 테니 단단히 들어라. 나휼이가 뭐라고 하든 듣지 마라. 너는 우리 반이니까 내 말을 잘 들어야겠지? 그렇지 않으면 너도……."

장화 선생님은 매서운 눈빛으로 사만이를 훑어보더니 돌아섰다. 장화 선생님은 교실로 들어가지 않고 계단을 내려갔다. 사만이는 교실로 뛰어 들어갔다.

"네가 선생님 휴대폰을 사물함에 감춰 둔 거 맞니?"

사만이는 다짜고짜 나휼이에게 물었다. 나휼이 얼굴이 일그러졌다. 그러더니 금세 눈에 눈물이 그렁그렁 차올랐다.

"아니지? 나는 네가 억울한 걸 알고 있어. 선생님 휴대폰을 훔치지 않았다는 네 말을 믿어. 그날 일을 나한테 자세히 말해 봐."

사만이는 의자를 끌어 나휼이 옆에 바짝 다가 앉았다.

"자세히 말할 것도 없어. 선생님이 휴대폰을 잃어버렸고 그 휴대폰이 내 사물함에서 나왔어. 나는 사물함에 그걸 넣은 적이 없는 거 같은데 나왔어. 아니라고 펄펄 뛰었어. 그런데 선생님이 자꾸 맞다고 하는 거야. 선생님이 자꾸 그러니까 내가 실수로 넣은 것도 같았어. 내가 성격이 좀 급해서 사물함에 뭔가를 넣을 때 정리하면서 넣지 않거든. 막 쑤셔 넣는 편이야. 그날은 모둠별로 미술 활동을 한 날이었는데 미술 도구를 챙겨 넣다가 선생님 휴대폰도 같이 넣은 것 같기도 하고……. 아, 몰라, 모르겠어. 나는 절대 그런 적이 없는데 내가 그랬다고 그러니까 그런 거 같기도 하고. 몰라, 모르겠어. 우리 엄마 아빠는 이 일을 모르고 있는데 알면 큰일이야."

나휼이가 두 손으로 머리를 감싸며 책상에 엎드렸다. 곧 나휼이는 큰 소리로 울음을 터뜨렸다. 아이들 눈이 모두 나휼이에게로 향했다. 그때 장화 선생님이 교실로 들어오고 아이들은 재빨리 모두 앞을 보고 앉았다.

"정말 억울하겠구나. 아이들은 모두 선생님이 무서워서 아무 말도 못하고 있고 말이다. 자신들도 덩달아 나휼이 같은 처지가 될까 봐 입을 닫고 있는 아이들 마음도 조금은 이해가 되는데, 휴, 큰일이구나. 억울하면 스트레스를 받고 스트레스를 받으면 힘이 점점 더 빠지지. 그러면 원령이 마음대로 조종하기 더 쉬워져. 빨리 5학년 2반 선생님에게 꼬치를 먹여야 해. 그래야 나휼이는 물론이고 5학년 2반 아이들이 모두 무사할 수 있지."

바리가 말했다.

"아참, 내가 아까 학교에서 오자마자 바쁜 일이 있어서 깜박했는데 말이야. 5학년 2반뿐 아니라 4학년 1반 교실에서도 원령의 기운이 느껴지더군."

당당이 그제야 생각난 듯 말했다.

"그게 무슨 말이야? 그럼 4학년 1반에도 원령이 있다는 말이야?"

바리가 놀라서 물었다.

"나도 잘 몰라. 아무튼 원령의 기운은 분명 느껴졌어."

그때였다. 사만이가 벌떡 일어나 분식집 밖을 가리켰다.

"쟤가 나휼이에요."

사만이 말에 강림과 바리, 당당은 분식집 밖을 내다봤다.

"세상에, 아이 얼굴이 저게 뭐니?"

바리가 나휼이 얼굴을 보고 깜짝 놀랐다.

"스트레스를 받아 피부가 저렇게 되었다고 했어요."

"원령의 짓이야. 원령에게 시달림을 받아서 그래. 대체 무슨 사연이 있는 원령이기에 피부가 저렇게 된 걸까? 빨리 나흘이를 구해 주어야겠다. 그렇지 않으면 온 몸이 다 저렇게 변할 거야. 엄청 가렵기도 할 거야."

바리가 혀를 끌끌 찼다. 나흘이는 분식집 앞을 빠르게 지나 학교를 향해 걸어가고 있었다.

"지금 이 시간에 왜 학교로 가는 걸까요?"

"가만이랑 당당이 빨리 저 아이를 따라가 봐. 원령을 만나면 곧바로 꼬치를 먹이도록 해."

바리가 서둘러 꼬치를 포장해서 사만이 손에 들려 주었다.

사만이와 당당은 재빨리 나흘이를 쫓아 학교로 달려갔다. 학교 운동장에는 어둠이 슬금슬금 내리고 있었다.

학교 안은 텅 비어 있었다. 5학년 2반 교실이 있는 3층으로 올라가다 당당이 갑자기 4학년 교실이 있는 2층에서 걸음을 멈췄다.

"이것 봐. 4학년 1반에서 원령의 기운이 흘러나온다니까."

당당은 4학년 1반 교실로 천천히 다가갔다. 사만이는 얼른 당당의 뒤를 따라갔다. 4학년 1반 교실 앞문은 열려 있었고 교실 안은 어둑어둑했다.

"흡."

당당이 재빨리 사만이의 팔을 낚아채며 쪼그리고 앉았다.

"왜……."

"쉿."

당당은 사만이 입을 막으며 턱으로 교실 안을 가리켰다. 사만이는 쪼그리고 앉은 채 고개를 내밀어 교실 안을 엿봤다. 어둑어둑한 교실 뒤편 창가에 누군가 서서 밖을 내다보고 있었다. 긴 머리에 긴 치마를 입은 사람이었다.

"장화 선생님이에요. 5학년 2반 선생님이요."

사만이는 당당에게 속삭였다.

"일단 5학년 2반으로 가 보자."

당당과 사만이는 조심스럽게 일어나 계단을 올라갔다. 3층으로 올라가자 어디선가 나지막한 목소리가 들렸다. 목소리는 5학년 2반에서 흘러나오고 있었다.

"헉."

복도 창문을 통해 교실 안을 바라본 당당과 사만이는 동시에 놀랐다. 5학년 2반 교실에 나휼이와 장화 선생님이 마주보고 서 있었다. 사만이와 당당은 교실 앞문에 몸을 숨기고 귀를 기울였다.

"너는 내 물건을 훔친 아이야."

장화 선생님의 목소리였다.

"아니에요."

나휼이가 울면서 말했다.

"너는 내 물건을 훔친 범인이야. 아주 나쁜 아이. 네가 나쁜 아이라는 걸 니네 엄마 아빠한테도 말해야겠지? 그러면 엄마 아빠가 얼마나 실망할까? 왜 내 휴대폰을 훔쳤지?"

장화 선생님의 목소리는 더 커지고 힘이 들어갔다. 나휼이 울음소리가 더 커졌다.

"조용히 못하겠니? 네가 범인이라고 네 스스로 소문내는 것 같구나."

장화 선생님이 호통을 치자 나휼이의 울음소리가 작아졌다. 나휼이는 끅끅 울음을 삼켰다.

"어디 보자."

갑자기 장화 선생님이 손으로 나휼이 턱을 치켜올렸다.

"꼭 닮았어. 새엄마에게서 돈을 받고 내가 도움을 청했을 때 들은 척도 하지 않았던 그 원님. 끝내 그 원님은 나와 내 동생의 죽음까지 모른 체했지. 동네 사람들 중에 나와 내 동생의 죽음이 새엄마와 연관이 있다는 걸 눈치챈 사람들이 있었지. 그래서 원님에게 진실을 파헤쳐 달라고 부탁도 했지. 그런데 그 원님은 새엄마에게 돈을 더 받고 나와 내 동생의 죽음이 새엄마와는 전혀 상관없다는 결론을 내렸지. 원님이라는 자리의 힘을 그렇게 제멋대로 쓴 거지. 돈에 눈이 멀어서 말이야. 진실은 그렇게 묻혔지. 나와 내 동생은 살아서도 억울했고 죽어서도 억울했어. 살아서는 새엄마에게 갖은 구박을 받으며 피부병에 시달렸지. 마음고생을 말도 못하게 많이 해서 얼굴은 물론이고 온몸에 두드러기가 나고 물집이 생겼지. 고통스러웠지. 나는 죽고 나서도 그 원님의 모습을 잊을 수가 없었지. 흐흐흐, 나와 내 동생은 우리처럼 억울한 사람을 열 명 만들어야 해. 억울한 마음이 들게 하면 할수록 그 사람의 피부는 더 엉망이 되지. 열 명! 흐흐흐, 성공이 곧 눈앞에 다가왔지."

장화 선생님의 웃음소리가 어둑한 교실을 으스스하게 만들었다.

"저 사람이 장화 선생님 맞지?"

당당이 사만이에게 물었다.

"맞아요."

"그럼 아까 4학년 1반에 있던 사람은?"

"그 사람도 장화 선생님……. 이게 어떻게 된 일이지요? 장화 선생님이 순간이동을 했나? 하긴 원령이니까 그럴 수도 있겠네요."

"잠깐. 장화 선생님이 동생이 어쩌고저쩌고 했지? 넌 여기서 지켜보고 있어라."

당당은 허리를 숙여 복도를 지나 계단을 재빠르게 내려갔다. 어둠은 어느새 복도에 짙게 내려앉았다. 복도도 교실도 어두워졌다. 사만이는 어두워진 교실 안을 계속 바라봤다. 얼마 후 사만이는 등 뒤로 뭔가 어른거린다는 느낌을 받았다.

"어디 갔다 온 거예요?"

사만이는 나지막히 말하며 고개를 돌렸다.

"으으으허헉."

사만이는 털썩 주저앉았다. 어두컴컴한 복도에서 시뻘건 뭔가가 번득이고 있었다.

"여기서 뭐하고 있니?"

어둠 속에서 들리는 목소리는 당당의 목소리가 아니었다. 시뻘건 게 다가왔다. 시뻘건 건 사람의 눈이었다.

"서, 서, 선생님."

사만이 눈앞에 장화 선생님이 서 있었다.

"뭘 훔쳐보고 있는 거지? 오호라. 너도 나흘이처럼 되고 싶은 모양이구나. 이리 오렴."

"으으으윽."

사만이는 뒤로 앉은걸음을 쳤다.

"무슨 일이야?"

그때 5학년 2반 교실에서 긴 머리에 긴 치마를 입은 사람이 나왔다. 어두웠지만 분명 장화 선생님이었다. 사만이는 어리둥절했다.

"언니, 얘가 5학년 2반을 엿보고 있더라고. 얘도 나흘이처럼 억울한 아이가 되고 싶은가 봐."

"그래? 누군지 좀 보자. 흠흠, 우리 반에 새로 전학 온 가만이라는 아이군. 흐흐흐흐흐. 생긴 게 돈 좋아하던 원님과는 영 달라서 마음에 썩 들지는 않지만 억울한 일을 당하고 싶다고 하니 그 소원을 들어줄 수밖에. 홍련아. 이 아이를 어떻게 억울하게 만들까? 흐흐흐흐흐."

장화 선생님이 사만이에게 바짝 다가섰다.

-휘이잉.

그때 복도 창문을 통해 바람이 들어왔다. 길고 긴 장화 선생님의 머리카락이 사만이 목을 휘감았다. 사만이는 온몸에

소름이 돋았다. 그리고 목이 얼음처럼 차가워졌다.

"아아악! 당당, 당당!"

사만이는 악을 쓰며 당당을 불렀다.

-다다다다닥.

계단을 뛰어올라오는 소리가 들렸다.

-딸깍!

당당이 복도의 불을 켰다. 긴 머리에 긴 치마를 입은 두 사람이 사만이 앞에 서 있었다. 같은 사람이라고 해도 믿을 정도로 닮아 있었다.

"이, 이, 이게 어떻게 된 일이지?"

사만이는 똑같이 생긴 둘을 번갈아 바라봤다.

"원령이 둘이었어. 가만아. 꼬치 준비!"

당당이 말했다. 사만이는 떨리는 손으로 꼬치를 꺼냈다. 꼬치 냄새가 금세 복도에 퍼졌다.

"어때, 맛있는 냄새지? 먹고 싶지 않나? 하나 먹어 봐."

당당이 말했다.

"호호호호호호. 우린 아무거나 먹지 않아. 새엄마가 우릴 죽이려고 음식에 나쁜 걸 넣은 적이 많거든. 흥! 평범한 사람은 아닌 거 같군. 뭔가 스산한 기운이 느껴져. 홍련아. 일단 몸을 피하자."

장화 선생님이 말하는 순간, 당당이 장화 선생님의 팔을 잡았다. 하지만 소용없었다. 장화 선생님은 당당의 몸을 가뿐히 밀쳤다. 둘은 눈 깜짝할 사이에 사라졌다.

❦

"언니와 동생이 억울하게 죽고 원령이 된 거였어요."

사만이가 말했다.

"저번에 아이들이 했던 말을 깜박 잊고 있었어. 4학년 1반 선생님이랑 5학년 2반 선생님이 같이 교통사고를 당했다고 했었지. 그러니까 4학년 1반 선생님과 5학년 2반 선생님 대신 두 반 다 임시 선생님이 온 거야. 장화와 홍련."

바리가 말했다.

"그나저나 원령의 힘이 그렇게도 세단 말이야? 아무리 그래도 그렇지 손 한번 못 써 보고 그렇게 당하고 오다니. 저승사자의 체면이 말이 아니군."

강림은 사만이와 당당을 바라보며 한숨을 내쉬었다.

"원령이 하나가 아니고 둘이었고, 강림도 저번에 두억시니를 겪어 봐서 알잖아요? 힘이 센 원령은 얼마든지 있다고요. 그리고 머리털로 제 목을 휘감았는데요, 머리카락이 얼음처럼 차가웠어요. 대단한 원령 같았다고요. 그런 대단한 원령이 둘이나 됐다고요."

"그럼! 그럼!"

사만이 말에 당당이 맞장구를 쳤다.

"이러면 어떨까? 밤에 강림과 당당, 가만이가 같이 학교로 가는 거야. 셋이 힘을 합해 억지로라도 꼬치를 먹여야지."

바리가 말했다.

"원령들이 당당을 보고 저승사자라는 걸 눈치챘을 거야. 혹시 밤에 또 당당이 찾아올지도 모른다고 생각할 거고. 그러면 밤에는 눈에 잘 띄지 않는 곳에 숨어 있을 거야."

강림이 말했다.

"그건 그렇군. 그럼 어떻게 해야 한담?"

바리는 한숨을 쉬었다. 바리와 강림 그리고 당당과 사만이는 잠 한숨 못 자고 고민하고 또 고민했다. 하지만 아침이 올 때까지 뾰족한 방법은 떠오르지 않았다.

새벽부터 비바람이 쳤다. 아침에 바리가 분식집 문을 여는데 나휼이가 우산도 쓰지 않고 걸어가고 있었다.

‘벌써 학교에 가나? 우산도 안 쓰고. 아이고, 세상에 얼굴이 더 엉망이 되었군.’

바리는 얼굴을 찡그렸다. 학교 앞까지 간 나휼이는 한쪽에 쭈그리고 앉아 얼굴을 박박 긁었다. 목도 긁고 옷소매를 걷어 올리고 팔도 긁었다.

"서둘러야겠어. 나휼이가 위험해."

바리는 마음이 조급해졌다.

"지금 막 생각이 하나 떠올랐거든. 이러면 어떨까?"

당당이 좋은 생각이 난 듯 자리에서 벌떡 일어났다.

"어차피 우리 정체는 탄로났어. 하지만 장화 선생님은 아이들에게 사실을 말하지 못하지. 그러면 자기가 원령인 게 밝혀질 수 있으니까. 내 생각에는 말이야. 가만이가 꼬치를 학교에 가지고 가는 거야. 냄새를 맡으면 아이들이 다 먹고 싶어할 거야. 그때 가만이가 이렇게 하면 돼. 자, 낮말은 새가 듣고 밤말은 쥐가 들으니까 이리 좀 더 모여 봐."

당당이 목소리를 잔뜩 낮춰 속삭였다.

"그렇게 하면 원령이 넘어올까? 내가 그동안 겪어 본 바에 따르면 원령들은 그렇게 만만치가 않거든."

당당의 말을 듣고 난 강림이 고개를 갸웃거렸다.

"원래 힘을 가진 자들은 겉으로는 자기가 가장 정직한 척, 옳은 척하거든. 뒤로는 돈을 받고 비리를 저지르면서 말이야. 장화 선생님은 원님이 했던 대로 정직한 척을 하고 있어. 아마 넘어올 거야."

당당이 큰소리쳤다.

"일단 해 보자고. 아무것도 못하고 있는 것보다야 낫잖아. 꼬치를 새로 만들어서 포장해 줄게. 가지고 가."

바리는 당장 주방으로 갔다. 사만이가 바리를 따라갔다.

"아휴. 이게 뭐예요. 맛이 왜 이래요?"

바리가 만들어 놓은 소스 맛을 본 사만이는 얼굴을 있는 대로 찡그렸다.

"냄새만 그럴 듯하고 간이 하나도 안 맞아요. 맹탕이라고요. 후유, 내가 학교에 다니느라고 바쁘다 보니 또 간이 엉망진창이 되었군요. 아이들이 이걸 먹겠어요? 한입 먹고 다 던져 버릴 걸요."

사만이는 땀을 뻘뻘 흘리며 소스 간을 다시 맞추었다.

"확실히 간은 가만이가 봐야 해. 맛이 환상적이군."

바리가 감탄했다.

다음 날 사만이와 당당은 꼬치를 잔뜩 포장해서 학교로

갔다.

"하하하하하! 선생님, 안녕하십니까? 날씨가 그야말로 환상적인 아침입니다. 제가 꼬치 전문점을 열었는데 제일 먼저 우리 가만이 반 아이들이 떠오르지 뭡니까? 그래서 좀 먹어 보라고 싸 왔습니다. 절대 우리 가만이를 잘 봐달라는 뜻으로 가지고 온 건 아니니까 오해는 하지 마세요. 아, 또 우리 가게를 홍보하기 위해서라고도 생각하지 마세요. 우리 가게가 어디에 있는지 절대 말하지 않을 테니까요. 그냥 맛있게, 맛있게 먹으라는 순수한 마음으로 가지고 온 겁니다."

당당은 장화 선생님을 보며 빙긋빙긋 웃으며 말했다.

"흥, 저승사자군."

장화 선생님이 당당을 뚫어지게 보며 나지막하게 말했다. 당당은 장화 선생님의 말을 못 들은 척했다.

"그럼 저는 이만 가 보겠습니다. 맛있게 먹으라고 전해 주세요. 아참! 그런데요, 선생님."

당당은 갑자기 목소리를 낮춰 장화 선생님에게 말했다.

"내가 선생님이 원령인 걸 알아차렸다고 해서 우리 가만이에게 나쁜 짓을 하면 제가 가만있지 않을 겁니다. 아아, 그리고 4학년 1반에도 곧 꼬치 선물을 좀 하려고요. 그럼 맛있게 드세요."

말을 마친 당당은 꼬치가 든 종이 가방을 교실 앞문으로 밀어넣고는 쌩하니 계단을 내려갔다. 그러고는 2층에 두었던 꼬치가 든 가방을 들고 사만이와 약속한 대로 2층 화장실 맨 안쪽 칸에 들어갔다.

"당장 가져다 버릴 거야."

장화 선생님이 말하는 순간이었다.

"이게 무슨 냄새야? 교실에서 맛있는 냄새가 나는데? 선생님, 그게 뭐예요?"

아이들이 약속이나 한 듯 코를 킁킁거렸다.

"가만이가 맛있는 걸 싸 왔다니까 다들 나눠 먹어라."

장화 선생님은 어쩔 수 없이 말했다. 사만이가 꼬치가 든 종이 가방이 있는 곳으로 쪼르르 달려왔다.

"내 일을 방해하면 가만 안 둬. 너도 나휼이처럼 만들 거야. 가려워서 견딜 수 없도록."

장화 선생님이 사만이에게 속삭였다. 말만 들어도 사만이는 온몸이 가려운 듯했다. 하지만 못 들은 척 종이 가방에서 꼬치를 꺼내 들었다. 꼬치 냄새가 순식간에 교실 안에 퍼지고 아이들은 너나 할 것 없이 침을 흘렸다.

"와, 맛있겠다. 빨리 나눠 줘."

지석이가 말했다.

"안 돼. 이건 그냥 먹을 수 없어. 게임해서 먹을 거야."

사만이가 고개를 저으며 말했다.

"게임? 무슨 게임? 무슨 게임인지 모르지만 빨리 하자. 먹고 싶단 말이야. 아, 침 나와."

지석이가 입가로 흘러내리는 침을 손등으로 훔쳤다.

"게임은 간단해. 나흘이가 억울하다고 생각하는 사람만 꼬치 먹기."

사만이가 아이들을 둘러보며 말했다. 순간 아이들 표정과 장화 선생님 표정이 확 변했다.

"우선 나부터!"

사만이는 보란 듯 꼬치를 먹었다.

"아, 맛있어. 이렇게 맛있을 수가. 나흘이 너도 억울하지?"

사만이는 꼬치를

하나 들고 나휼이에게 다가가 입에 넣어 주었다. 사
만이와 나휼이가 꼬치를 먹자 여기저기서 꿀꺽꿀꺽 침 넘기
는 소리가 요란했다.

"그럼 이번에는 나휼이가 억울하지 않다고 생각하는 사람
이 꼬치 먹기."

사만이의 말에 아이들은 서로 눈치를 봤다.

"선생님, 먹어도 돼요?"

지석이가 장화 선생님을 바라
봤다.

"그건 네 마음 아니겠니?"

장화 선생님이 아무렇지도 않은
듯 말했다. 하지만 사만이는 분명히
봤다. 입술을 바들바들 떨고 있는

것을.

"내 마음대로요? 그래도 돼요? 아, 아무튼 못 참겠다."

지석이가 앞으로 나왔다.

"쟤는 나휼이한테 미안하지도 않나 봐."

누군가 중얼거렸다. 그 소리를 들은 지석이는 도로 자리로 돌아갔다.

"나휼이가 억울하지 않다고 생각하는 사람은 아무도 없나 봐요. 아, 선생님은 그렇게 생각하시잖아요. 선생님, 이거 드세요."

사만이가 꼬치를 장화 선생님 앞으로 내밀었다. 그때 장화 선생님이 아이들 몰래 사만이의 뒷덜미를 꼬집었다. 사만이는 아파서 악 소리를 내며 비틀거렸다. 교실은 한순간 고요해졌다.

"좋아. 내가 하나 먹도록 하지. 왜냐, 나휼이는 진짜 범인이니까 절대 억울하지 않아. 나휼이, 너는 범인이야, 범인! 알았어?"

장화 선생님이 나휼이를 보며 말했다. 나휼이가 흐느껴 울기 시작했다. 얼굴에 붉게 부르튼 부분에서 피가 나왔다. 장화 선생님이 꼬치를 하나 먹자 아이들이 와르르 달려와 꼬치를 들고 갔다. 나횰이는 얼굴을 정신없이 긁어 댔다.

－우르릉 쾅쾅.

그때 요란한 천둥소리가 들렸다.

❧

장화 선생님의 얼굴이 점점 창백해졌다.

"얘들아, 잠깐 교무실에 좀 다녀올 테니 책 읽고 있어."

장화 선생님은 교실에서 나갔다. 사만이는 재빨리 장화 선생님을 따라갔다. 장화 선생님은 비틀거리며 계단을 내려가 4학년 1반 교실 앞문을 열었다. 장화 선생님이 안을 향해 손짓을 하자 4학년 1반 선생님이 나왔다. 홍련이었다.

"언니, 왜 그래?"

홍련이 놀라서 물었다.

"저승사자한테 당했어. 절대 그걸 먹으면 안 되는데 나횰이를 빨리 더 억울하게 만들어서 온몸에 빈틈없이 피부병이 번지게 하고 싶었어. 그래서 나도 모르게 저승사자가 가져온 음식을 먹고 말았는데……. 있잖니, 자꾸 숨이 차."

"빨리 토해야 해, 빨리."

홍련이 장화 선생님을 부축해서 화장실로 향했다. 사만이
는 얼른 남자 화장실로 갔다.

"당당."

사만이가 부르자 맨 안쪽 칸 화장실에서 당당이 나왔다.

"성공이냐?"

당당이 물었다.

"네. 그런데 딱 한 입 먹었어요. 얼굴이 창백해졌고 비틀거
려요. 지금 4학년 1반 선생님하고 여자 화장실로 들어갔어요.
토하러 간 거 같아요."

"가 보자."

당당과 사만이는 여자 화장실 쪽으로 갔다. 수업 시간이라
화장실에 오는 아이들은 없었다.

"우웩 우웩."

-우르릉 쾅쾅.

구역질 소리와 천둥소리가 화장실에 같이 울려 퍼졌다.

"다 토해야 해, 다."

홍련이 토하는 장화 선생님의 등을 두드리며 말하는 소리
가 들렸다. 잠시 후 토하는 소리가 그쳤고, 힘이 다 빠진 장화
선생님을 홍련이 데리고 화장실에서 나왔다.

"바리가 힘들여 개발한 꼬치인데 그걸 토하다니."

화장실 앞에서 기다리던 당당이 두 눈을 부릅뜨고 말했다.

"너, 너는 누구냐?"

홍련이 놀라 물었다.

"나? 저승사자. 그저 그런 저승사자가 아니라 정보통이라고 불리는 저승사자지. 내가 니네들에 대해 좀 알아봤거든. 아주 가슴 아픈 사연이 있더군."

당당의 목소리가 부드러웠다. 사만이는 놀랐다. 역시 당당은 정보통이었다. 그새 장화 선생님과 홍련에 대해 알아봤다니.

"하지만 무슨 사연이 있든지 사람은 죽으면 저승으로 가야하지. 원령이 이승을 떠돌면 안 된다. 그러면 이승에 있는 사람들은 물론이고 니네들도 힘들어져. 자, 자, 이걸 먹고 저승으로 돌아가자."

당당이 꼬치를 꺼내 들었다. 홍련이 장화 선생님을 부축한 채로 당당을 노려보며 말했다.

"흥! 우리는 저승으로 갈 수 없어. 견딜 수 없을 정도로 억울한 아이 열 명을 만들면 우리는 이승에서 살 수 있다고 했어. 우리는 억울하게 죽었어. 그것도 스무 살도 안 된 나이에.

너무 이른 나이라고 생각하지 않니? 언니, 정신 똑바로 차려. 절대 저걸 먹으면 안 돼."

장화 선생님은 고개를 끄덕였지만 정신이 하나도 없는 모양이었다.

장화 선생님은 더 버티지 못하고 철퍼덕 쓰러졌다.

'이전의 떡볶이, 김밥, 튀김보다 훨씬 더 강력해진 게 틀림없군. 딱 한 입 먹었고 토하기까지 했는데 쓰러질 정도면.'

사만이는 바리가 자신만만해하던 이유를 알 수 있었다.

"가만아. 홍련부터! 내가 잡을 테니까 네가 꼬치를 먹여."

당당은 홍련에게 다가갔다.

"저리 가. 가까이 오지 마."

홍련이 소리쳤다.

-우르릉 쾅쾅.

홍련의 목소리가 천둥소리에 묻혔다.

"홍련아."

장화 선생님이 천천히 일어났다. 장화 선생님의 시뻘건 눈에서 피가 뚝뚝 떨어졌다. 당당이 장화 선생님을 밀치고 홍련을 꽉 잡았다. 그 틈을 놓치지 않고 사만이는 꼬치를 홍련의 입에 넣으려고 했다.

"으으악."

그때 장화 선생님의 긴 머리가 사만이의 목을 휘감았다. 얼음처럼 차가운 머리카락이 점점 사만이의 목을 조였다. 사만이는 숨을 쉴 수 없었다. 당당이 재빨리 장화 선생님의 입에 꼬치를 넣었다. 넣고 또 넣고 또 넣었다. 장화 선생님은 입에 들어오는 꼬치를 어쩌지 못하고 꿀꺽꿀꺽 삼켰다.

"언니, 언니!"

홍련이 울부짖었다.

"가만아!"

당당이 사만이를 부르며 홍련을 잡았다. 홍련이 발버둥쳤다. 사만이는 꼬치를 억지로 홍련의 입에 넣었다.

"으으으으, 억울하다. 열 명까지 이제 두 명 남았는데. 5학년 2반 나휼이 그리고 4학년 1반에 하민이만 온몸에 빈틈없이 피부병이 번지면 끝인데. 열 명만, 열 명만 채우면 나와 언니는 이승에서 영원히 살 수 있다고 했는데. 행복하게 살 수 있다고 했는데."

"누구냐? 너희한테 그런 말을 한 자가?"

사만이 물었다.

-우르릉 쾅쾅.

홍련이 무슨 말인가 하는 순간 요란스럽게 천둥이 쳤다.

"뭐라고? 다시 말해 봐."

사만이 소리쳤다.

-펑!

그때 뭔가 터지는 소리와 함께 연기가 모락모락 피어올랐다. 연기는 창문을 향했다. 연기 속으로 긴 치맛자락이 창문 너머로 사라졌다.

# 물에 잠기는 학교

"진짜야?"

"진짜지. 너 여태 그것도 모르고 있었어? 학교에 소문 쫙 났는데."

"말이 돼?"

"말이 왜 안 돼? 당연히 말이 되지. 교장 선생님이 그랬다던데? 설마 교장 선생님이 거짓말을 하겠어?"

아이들 셋이 목소리를 잔뜩 낮추며 말했다. 바리는 조용히 아이들 옆으로 다가갔다.

"꼬치 맛있지? 더 먹고 싶으면 얼마든지 먹어도 돼. 지금부터 더 먹는 건 공짜야, 공짜. 너희가 너무 맛있게 먹어서 나까지 군침이 도는구나. 고마워서 공짜."

"와, 진짜지요?"

아이들이 손뼉을 치며 좋아했다.

"그으럼. 설마 분식집 사장인 내가 그런 거짓말을 하겠니? 꼬치를 돈을 받고 팔건 공짜로 주건 다 내 마음대로거든. 그 나저나 학교에 무슨 소문이 났니?"

바리는 은근슬쩍 물었다.

"우리 학교가 곧 없어진대요. 학교 밑에서 지금 계속 물이 차오르고 있다고 해요."

한 아이가 눈을 크게 뜨고 말했다.

"학교 밑에 물이 차오르고 있다고? 뭐 그런 황당한 소문이 다 있어?"

저만치서 앉아 꾸벅꾸벅 졸고 있던 당당이 갑자기 깨어 끼어들었다.

"정말이에요. 원래 학교가 생기기 전에 학교 자리가 공동묘지였대요. 공동묘지에 학교가 생긴 거지요. 그런데 공동묘지 전에는 큰 연못이 있었던 자리래요. 연못을 메우고 그 땅에 공동묘지가 들어섰다고 해요. 학교 밑에 물이 차오르면서 요즘은 밤마다 학교에서 귀신들이 떠드는 소리가 들린대요. 물귀신 말이에요. 물소리도 찰랑찰랑 들린대요."

"물귀신?"

"네. 귀가 밝은 사람한테는 낮에도 귀신 소리가 들린다고 해요."

"그 말을 교장 선생님이 했다고?"

"네. 우리 교장 선생님은 거짓말 안 해요. 매일매일 아이들한테 정직한 사람이 되라고 말하거든요. 그래서 있잖아요. 요즘 전학 가는 아이들이 엄청 많아요. 귀신 소리가 들리고 학교에 물이 차오르고 있다는데 누가 이 학교에 다니고 싶겠어요? 그리고요, 1층 복도 바닥에 가끔 물이 차올랐다가 빠진대요. 으윽."

아이가 말을 하며 몸을 부르르 떨었다. 아이들은 배가 볼록 나오도록 꼬치를 잔뜩 먹고 돌아갔다.

"뭔가 좀 이상한데? 연못을 메우고 공동묘지가 들어선 게 말이 된다고 생각해? 연못을 메우려면 얼마나 큰 돈이 드는데 말이야. 공동묘지는 보통 산 같은 곳에 들어서지 않나? 내가 좀 정보를 얻어와야겠군."

당당이 자리를 박차고 일어나 분식집을 나갔다. 당당이 나가고 나서 배달 갔던 강림이 돌아왔다.

"바리. 내가 이상한 소문을 듣고 왔어. 저기 저 초등학교 말이야. 저 학교에 다니는 아이들이 죄다 전학을 가려고 난리들 이래. 저승사자인 내 느낌상 원령하고 관련된 일인 거 같아."

"나도 좀 전에 아이들한테 그 말을 들었어. 당당이 정보를 얻으러 나갔으니까 기다려 보자고."

바리는 걱정스러운 눈으로 학교를 바라봤다. 교문으로 방과 후 수업을 마친 아이들이 나오고 있었다.

"얘들아. 시식하고 가. 공짜야, 공짜."

바리는 아이들을 불러들였다.

"너는 전학 안 가니? 다들 전학 간다고 난리들인데?"

바리는 꼬치를 한 접시 내주며 아이들에게 물었다.

"저도 곧 갈 거예요. 엄마를 조르고 있거든요. 그런데 이 꼬치 완전 맛있어요."

"와, 진짜 맛있어요. 이런 맛은 태어나서 처음이에요. 저도 전학 보내 달라고 엄마를 조르고 있어요. 우리 엄마는 제 말이라면 뭐든 다 들어주니까 전학도 시켜 줄 거예요."

아이 둘이 앞다퉈 말했다.

"저는 안 가요. 그거 다 헛소문이에요. 제가 귀가 밝은 편인데요, 아무리 집중해서 들어도 귀신 소리 같은 건 하나도 안 들려요."

한 아이가 고개를 세차게 저었다.

"진홍이 너는 교장 선생님을 못 믿어? 그리고 황 지킴이 선생님도 귀신 봤다고 하던데? 저녁에 파란색 불빛을 내는 귀신이 복도를 휘리릭 날아다닌다고 했어. 선생님이 '누구냐?' 하고 소리쳤더니 귀신이 뒤돌아봤대. 그런데 얼굴에 눈만 있고 코도 입도 없더래. 눈만 있는 귀신이라니, 으윽……. 거기에다 머리가 흠뻑 젖어 있고 머리에서 물이 뚝뚝 떨어지더래. 와, 너무 무섭다."

"진홍이 너는 전학 못 갈 거 같아서 그러는 거지? 니네 가게는 칠십 년 동안 한 자리에서 장사를 한 가게라고 소문이 났잖아. 전국에서 사람들이 찾아오는데 어떻게 이사를 가겠어. 진홍아. 그러다 다들 전학 가고 학교에 너만 남으면 어떻게 하냐?"

아이들이 어깨를 움찔거리며 진홍이라는 아이에게 겁을 주었다. 진홍이는 더 이상 아무 말도 하지 않고 묵묵히 꼬치를 먹었다.

저녁 무렵 당당이 돌아왔다.

"내가 돌아다니며 정보를 수집했거든. 터무니없는 소문이야. 학교 자리는 예전에 연못이 아니었어. 그거 다 교장 선생님이 헛소문을 퍼뜨린 거 같아. 그 교장 선생님이 이번에 새로 왔는데, 이 교장 선생님이 오고 나서 그런 소문이 나기 시작했거든."

"그래? 하지만 아이들은 죄다 그 소문을 믿고 있어. 소문이라는 것이 사실이든 아니든 진짜든 가짜든 상관없이 어느 순간 진짜로 믿게 되는 일이 많아. 교장 선생님이 하는 말이라서 아이들이 더 믿는 것 같아. 누군가 또 학교에 들어가야 할 거 같은데?"

바리가 강림과 당당 그리고 사만이를 번갈아 바라봤다.

"나는 얼굴이 너무 많이 알려졌어. 가만이를 데리고 학교를 수시로 드나들었잖아."

"나는 배달 다녀서 온 동네 사람들이 내 얼굴을 다 알아."

당당과 강림이 말했다.

"저도 이미 연예인 급으로 얼굴이 알려졌어요."

사만이도 말했다.

"변장! 변장하면 되는 거지 다들 뭘 걱정이야? 한두 번도 아니고 말이야."

바리가 말했다.

"학교에서 일할 사람을 채용하는지 한번 알아봐야겠군. 이런 건 당당이 제일 잘 알아낼 수 있잖아?"

바리가 당당을 바라봤다.

"그 정도야 나한테는 누워서 식은 죽 먹기지. 정보를 알아보고 올게."

바람처럼 휘리릭 분식집을 빠져나간 당당은 얼마 지나지 않아 돌아왔다.

"지킴이 선생님을 뽑는대."

"지금 지킴이 선생님이 그만둔대?"

"아니 그게 아니고 귀신이 나온다고 소문이 나니까 학부모들이 불안하다고 지킴이 선생님을 더 뽑으라고 한다더군. 강림이 학교 지킴이가 되면 될 거 같아."

"그래, 당당은 얼마 전에 가만이 아빠로 학교를 드나들었으니까 이번에는 강림이 지킴이 선생님이 되는 게 좋겠어."

당당의 말에 바리가 맞장구쳤다.

❧

"내일부터 근무하도록 하세요."

교감 선생님이 안경을 추켜올리며 강림을 쓰윽 바라봤다.

"교장 선생님도 만나 봐야 하는 거 아닌가요? 교감 선생님이 결정하셔도 상관없나요?"

"교장 선생님은 출장 중이세요. 그리고 요즘 바쁘세요. 지킴이 선생님을 구하는 문제는 나한테 다 알아서 하라고 하셨으니 그런 걱정은 하지 말고 내일부터 출근하도록 하세요. 그런데 머리가 참 요란스럽군요. 멀리서 보면 커다란 실뭉치가 떠다니는 거 같네요. 머리 스타일로 뭐랄 수는 없지만 조금만 단정하게 하고 왔으면 좋겠습니다. 눈이 안 보이니 눈이라도 좀 보이게 말입니다."

교감 선생님이 말했다. 강림은 얼른 눈을 가린 앞머리를 옆으로 넘겼다. 변장을 하기 위해 어제 미용실에서 파마를 했는데, 너무 보글거리게 해서 머리가 폭탄을 맞은 듯 했다.

"그럼 내일 뵙겠습니다."

강림은 허리를 숙여 교감 선생님에게 인사를 하고 교무실에서 나왔다. 복도에서 본 아이들 분위기는 한눈에 봐도 저번과는 달랐다. 아이들은 두어 명씩 어울려 다니며 속닥거렸다. 복도를 뛰어다니고 소리를 지르며 친구를 부르던 모습이 아니었다. 강림은 분식집에 왔던 아이가 말한 1층 복도 바닥을 자세히 살펴봤다. 물기 같은 건 전혀 보이지 않았다.

"안녕하세요? 내일부터 저도 학교 지킴이로 일하게 되었습니다. 강림이라고 합니다."

강림은 운동장을 나서며 지킴실을 향해 손을 번쩍 들고 인사했다.

"그래요? 나는 황지범이라고 합니다. 두어 달 전부터 이 학교에서 지킴이로 일하고 있지요. 같이 일하게 되어 반갑습니다. 뭐, 오랫동안 일하지는 못하겠지만요. 곧 학교 문을 닫을 테니. 아, 그 이야기는 알고 있죠?"

황 지킴이 선생님이 강림에게 넌지시 물었다.

"학교가 문을 닫아요?"

강림은 아무것도 모른 척 되물었다.

"학교에 물귀신이 나오고 있어요. 학교 밑에서부터 서서히 물도 차고 있고요."

"물귀신이요? 에이, 설마요."

"어허, 진짜라니까."

황 지킴이 선생님은 왜 자기 말을 못

믿느냐는 듯 두 눈을 부릅떴다. 그때였다. 갑자기 황 지킴이 선생님 표정이 확 바뀌었다.

"아이고, 걸어서 오시나요? 차는 어쩌고요?"

황 지킴이 선생님이 교문을 들어서는 사람에게 달려가 굽신거렸다. 교장 선생님인 모양이었다. 저번에 강림과 당당이 급식 도우미가 되었을 때 있던 교장 선생님과는 다른 사람이었다. 교장 선생님은 퉁퉁한 몸집에 두 눈이 부리부리하고 코는 주먹코에 수염이 덥수룩했다.

'이게 무슨 기운이지?'

강림은 운동장에 스멀스멀 피어오르는 안개 같은 기운을 느꼈다. 교장 선생님에게서 뿜어져 나오는 기운이었고 분명 원령의 기운이었다. 하지만 지금껏 만났던 원령들의 기운과는 좀 달랐다. 훨씬 강하고 짙었다.

"교장 선생님······."

황 지킴이 선생님은 교장 선생님에게 무슨 말인가 속삭였다. 두 손을 앞으로 공손히 모으고 비죽비죽 웃기도 했다. 교장 선생님은 고개를 두어 번 끄덕이고는 운동장을 가로질러 걸어갔다.

"강림이라고 했나요? 내가 말입니다, 교장 선생님의 오른 팔이지요. 교장 선생님이랑 아주 친하다는 뜻입니다. 교장 선생님은 나를 믿어요. 그래서 아주 비밀스러운 일도 나한테는 다 말해 줘요. 흐흐흐흐흐, 이 말을 강림 선생님에게 왜 하느냐? 나한테 잘 보이란 뜻입니다."

황 지킴이 선생님은 목에 힘을 주고 우쭐거렸다.

"어떻게 교장 선생님의 오른팔이 되었나요?"

강림은 다정하고 부드럽게 물었다.

"호호호호호, 교장 선생님하고 친하다고 하니까 나한테 잘 보이고 싶지요?"

"예?"

"호호호호호. 나한테 잘 보이면 강림 선생님도 교장 선생님과 친해질 수 있지요. 흠흠. 하지만 그 대단한 비결을 그냥 가르쳐 줄 수는 없잖아요? 커피라도 마시면서 얘기를 해야지. 내일 출근할 때 커피 한 잔 사 오세요."

황 지킴이 선생님이 어깨를 으쓱거리며 말했다. 강림은 내일 커피 대신 맛있는 걸 준비해 오겠다고 말하고 분식집으로 돌아왔다.

"역시 교장 선생님이 원령일 줄 알았어."

강림 말을 들은 당당은 그럴 줄 알았다고 말했다.

"그런데 다른 원령들과는 기운이 달라. 몇 배나 더 강하게 느껴져. 바리, 꼬치를 더 강하게 업그레이드시켜야 할 거 같아."

강림이 말했다. 바리와 사만이는 밤새 꼬치를 업그레이드시키기 위해 소스를 연구했다.

다음 날 강림은 바리가 싸 준 떡볶이와 튀김 그리고 꼬치를 들고 학교로 출근했다. 아침 등교 지도를 하고 난 다음 떡볶이와 튀김을 황 지킴이 선생님에게 주었다. 꼬치는 슬그머니 책상 밑에 감춰 두었다. 꼬치는 기회가 되면 교장 선생님에게 먹일 생각이었다.

"아이고야, 맛이 기막히군. 강림 선생님 같은 후배가 들어와서 좋군, 좋아. 보답으로 내가 교장 선생님과 친해지는 방법을 찬찬히 알려 주도록 하지."

황 지킴이 선생님이 떡볶이와 튀김을 먹으면서 좋아했다.

점심시간에 강림은 황 지킴이 선생님과 나란히 앉아 밥을 먹었다. 그런데 급식실 뒷문 앞에 서 있는 교장 선생님을 발견한 황 지킴이 선생님이 벌떡 일어나 식판을 정리하고 밖으로 나갔다. 강림도 급식실에서 나왔다. 저만치 복도 끝에서 교장 선생님과 황 지킴이 선생님이 속닥거리고 있었다. 곧 교장 선생님은 교장실로 가고 황 지킴이 선생님은 건물 밖으로 나갔다.

잠시 후 밖으로 나갔던 황 지킴이 선생님이 다시 급식실로 뛰어 갔다.

"땅이 흔들린다. 땅이 흔들려!"

황 지킴이 선생님은 급식실 안을 향해 고래고래 소리쳤다.

"어디요?"

“어디가 흔들려요?”

아이들은 숟가락을 내던지고 일어났다.

“분리 수거장, 분리 수거장 땅이 흔들리고 있다.”

“아악, 분리 수거장에 물이 차오르나 봐.”

“물귀신이 나타났나 봐.”

급식실은 금세 아수라장이 되었다.

“으으으아악. 무서워.”

“아악! 귀신이다.”

아이들은 귀신이 나타났다고, 무섭다고 소리치면서도 분
리 수거장으로 뛰어나갔다.

분리 수거장에는 뜨거운 햇볕이 내리쬐고 있었다.

“저기, 저기. 땅이 움직인다.”

황 지킴이 선생님이 분리 수거장 한쪽 땅을 가리키며 소리
쳤다.

“진짜다.”

“아아악, 땅이 흔들린다. 물귀신이다.”

아이들이 팔짝팔짝 뛰며 소리쳤다. 강림은 황 지킴이 선생
님이 가리킨 쪽을 바라봤다. 진짜 땅이 흔들리는 것 같았다.

‘강하게 내리쬐는 햇볕 때문에 흔들리는 것처럼 보이는 거

군. 착시 현상이야.'

땅을 유심히 살펴본 강림이 이렇게 생각하는 바로 그 순간
이었다.

"아니야, 땅이 흔들리는 게 아니야! 햇볕 때문에 흔들려 보
이는 거야."

누군가 소리쳤다.

"야. 진홍아, 잘 봐. 진짜 흔들린다니까."

황 지킴이 선생님이 말했다. 진홍이가 땅이 흔들린다는 곳

으로 냉큼 달려갔다.

"봐. 내 몸이 안
흔들리잖아? 땅이
흔들리면 몸이 흔들
려야지."

"정말 안 흔들려?"

아이들이 우르르 진홍
이가 있는 쪽으로 달려갔다.

"으으아아악."

그때 진홍이가 비명을 지르며 넘어졌다.

'어?'

강림은 진홍이가 넘어지는 바로 그 순간 바람보다 더 빠
리 진홍이 옆을 지나가는 교장 선생님을 봤다. 강림의 눈에
는 보였지만 다른 사람들 눈에는 보이지
않을 정도로 빨랐다.

'교장 선생님이 진홍이를
밀었군.'

강림은 재빨리 달려가 진
홍이를 일으켜 세웠다. 진홍

이의 무릎에서 피가 흐르고 있었다.

"땅이 흔들린 거 맞아. 그래서 진홍이가 넘어졌어."

"으악! 물귀신이다."

아이들이 비명을 지르며 진홍이에게서 멀어졌다. 강림은 진홍이를 데리고 보건실로 갔다.

"많이 아프겠다. 다행히 조금 까진 거니까 소독하고 약 발라 줄게."

보건 선생님이 말했다. 수업이 마칠 때쯤 진홍이를 찾아간 강림은 소스라치게 놀랐다. 진홍이의 무릎 상처가 아까보다 훨씬 더 커졌다. 소독을 하고 약도 발랐지만 여전히 피가 맺혀 있었다.

다음 날 진홍이를 본 강림은 가슴이 덜컥 내려앉았다. 어제보다 훨씬 더 커진 상처에 고름이 줄줄 흐르고 있었다. 그다음 날은 상처가 다리 전체로 퍼져 있었다.

"상처가 더 심해졌어. 병원에는 가 봤니?"

강림이 진홍이에게 물었다.

"병원에 가서 주사도 맞았는데 이래요."

진홍이는 울먹이며 말했다.

강림은 바리에게 진홍이 이야기를 했다.

"어서 원령을 달래 지승으로 보내야 해. 그렇지 않으면 진홍이가 더 괴롭힘을 당할 거야. 빨리 꼬치를 먹여야 하는데, 강림! 무슨 수가 없어?"

바리는 답답해했다.

"교장 선생님이 아예 내 눈앞에는 안 나타나. 꼬치를 먹이려면 만나야 하는데 말이야. 교장실에 들어가는 걸 분명히 봤는데 따라가 보면 없어. 순간이동을 하는 거처럼 사라진다니까."

강림도 답답하기는 마찬가지였다.

🌱

"교장 선생님이 나를 부른다고요?"

강림은 어리둥절했다. 그리고 반갑기도 했다.

"지금 교장실로 오랍니다."

황 지킴이 선생님은 강림이 가져온 튀김을 우적우적 씹으며 말했다. 강림은 쏜살같이 교장실로 달려갔다.

"풋!"

교장 선생님은 강림을 보자마자 비웃듯 웃었다.

"염라대왕쯤 되면 또 몰라, 어디 한낱 저승사자가 가소롭게……."

교장 선생님이 낮게 중얼거렸다. 하지만 강림은 그 말을 똑똑히 들었다. 가소롭다니! 강림은 분노가 치밀었다.

"어디 원령 주제에 저승사자를 뭘로 보고, 가소롭게."

강림도 낮게 중얼거렸다. 교장 선생님이 강림을 쏘아봤다. 지글지글 타오르는 교장 선생님의 눈을 보며 강림은 잠시 움찔했다. 보통 원령이 아니었다.

"나를 잡아 보겠다고 온 모양인데 어림도 없는 생각이지."

교장 선생님은 다시 '풋!' 하고 웃었다.

"너는 원령이야. 저승으로 가야지."

강림은 호통치듯 말했다.

"누구 마음대로! 흠흠. 오늘부터 지킴이를 그만두도록."

"뭐라고? 누구 마음대로?"

"나는 내 일을 방해하면 누구든 용서하지 않아. 저승사자도 마찬가지지. 내일부터는 내 눈앞에 보이지 않는 게 좋을 걸. 지금 학교에서 소문을 믿지 않고 딴소리를 하는 아이들을 다 혼내 주고 있는 중이지. 진홍이가 제일 심하게 혼나고 있지. 딴소리하는 아이들은 아마 조금만 더 있으면 다 앞장서서 전학을 갈 거야. 흐흐흐흐흐, 전학 가지 않고 버티면 온몸에 고름이 흐르게 만들 거니까. 너도 고름이 나게 만들어 줄까?”

교장 선생님이 한 발 한 발 강림에게 다가왔다. 강림은 온몸이 교장 선생님에게로 끌려가는 듯한 강한 느낌을 받았다. 강림은 몽롱해지는 정신을 겨우 붙잡았다.

“진홍이랑 또 누구지? 네가 괴롭히고 있는 아이가?”

강림이 소리쳤다.

“궁금하니? 궁금하면 친절하게 알려 주지. 나는 저승사자 따위는 무섭지도 않고 저승사자가 뭔 짓을 해도 끄떡없을 테니까. 오호, 마침 소리가 들리는군. 귀를 기울여 봐.”

교장 선생님 말에 강림은 귀를 기울였다. 피아노 소리가 울리고 있었다.

“지금 피아노를 치고 있는 아이는 피아노 천재라고 불리지. 학교 대표로 대회에 나가 상도 많이 받았어. 피아노만 잘 치면 되는데 왜 그렇게 나서기를 좋아하는지 몰라. 귀신은 없다고, 학교 소문은 헛소문이라고 떠들고 다니지. 흐흐흐흐흐, 그래서 어제 피아노실에 들어가다 넘어지게 만들었지. 손가락을 다쳤지 아마. 흐하하하하, 피아노 치는 아이가 손가락을 다쳤으니 뭐……. 흐하하하하.”

교장 선생님은 목을 뒤로 젖히고 웃었다. 훤히 드러나는 입안에서 긴 혀가 날름거렸다.

강림은 피아노실로 달려갔다. 머리가 긴 아이가 피아노를 치고 있었다.

"어디 보자."

강림은 여자아이의 손을 살펴봤다. 오른손 새끼손가락에 밴드가 붙여져 있었다. 밴드 사이로 고름이 흐르고 있었다.

"아이들을 다치게 하다니!"

강림은 다시 교장실로 달려갔다. 하지만 교장실은 텅 비어 있었다.

"오늘 무슨 일이 있어도 교장에게 꼬치를 먹여야겠어. 그러자면 밤에 교장이 어디에 있는지 알아내야 해."

강림은 혼자서 중얼대며 안절부절했다.

"학교 안에 머물텐데, 밤에 학교 어디에 숨어 있을까? 그래! 그 사람이라면 알 거야."

강림은 황 지킴이 선생님에게 달려갔다.

"교장 선생님의 오른팔이니까 교장 선생님에 대해 아주 잘 알고 있겠지요? 아휴, 정말 부러워요. 나도 교장 선생님이랑 친해지고 싶은데……. 그래서 말인데요, 교장 선생님이 교장실 말고 어디에 자주 가나요? 학교 안에서 말이에요. 내가 분식집 한 달 무료 쿠폰을 줄게요. 교문을 나가면 바리 분식집이라고 있지요? 거기 사장님이 우리 사촌누나예요. 무료 쿠폰으로 날마다 먹고 싶은 거 실컷 먹어도 돼요."

"진짜요? 아이고야, 말만 들어도 침이 넘어가네요. 5층 맨 끝에 보면 휴게실이 있어요. 예전에는 선생님들 휴게실로 썼는데 지금은 빈 교실이에요. 교장 선생님은 거기서 자주 쉬시는 편이지요."

"그렇군요. 내가 지금 당장 분식집에 가서 우리 사촌누나에게 황 지킴이 선생님 이야기를 해 놓을게요. 참, 그리고 나는 내일부터 출근을 안 할 수도 있어요."

강림은 말을 마치자마자 분식집으로 달려왔다.

"진홍이도 그렇고 피아노 치는 아이도 그렇고 큰일이군."

강림의 말을 들은 바리는 얼굴이 어두워졌다.

"교장이 말하는 걸 보니 둘 말고도 괴롭힘을 당하는 아이가 또 있는 거 같아. 오늘 밤 당당이랑 가만이를 데리고 학교로 가야겠어. 보통 원령이 아니야. 기운이 말도 못하게 세. 그리고 저승사자에게 눈 하나 깜짝하지 않고 그렇게 큰소리치는 원령은 이제껏 만나 본 적이 없어. 바리, 꼬치를 많이 만들어 줘야겠어. 당당이랑 가만이도 마음 단단히 먹고."

분식집 안은 긴장감이 맴돌았다.

어둠이 짙게 내리고 난 후 강림과 당당 그리고 사만이는 꼬치를 잔뜩 싸 들고 분식집에서 나왔다.

학교는 고요했다. 셋은 재빨리 중앙 현관을 지나 계단을 올라 5층에 이르렀다.

"발자국 소리 안 나게 발꿈치를 들어."

강림은 당당과 사만이에게 속삭이고는 앞장섰다. 셋은 바람처럼 소리 없이 휴게실 앞으로 가서 문에 귀를 댔다.

-찰랑찰랑.

안에서 이상한 소리가 들렸다.

"물소리 같은데?"

당당이 강림의 귀에 속삭였다. 강림은 소리가 나지 않게 한숨을 크게 내쉬고는 말했다.

"내가 문을 열면, 다 같이 들어가는 거야. 준비됐지?"

당당과 사만이가 고개를 끄덕였다.

"자, 들어가자."

강림이 휴게실 문을 벌컥 열었다.

"으헉."

강림과 당당 그리고 사만이는 약속이라도 한 듯 동시에 소리쳤다. 문을 열자마자 휴게실에서 물이 확 쏟아져 나온 것이다. 복도는 금세 세찬 물살에 물바다가 됐다. 물은 무릎까지 차올랐다. 강림과 당당, 사만이는 얼른 정신을 차리고 휴게실을 들여다보았다. 휴게실 가운데에 교장 선생님이 앉아 있었다.

"나의 휴식 시간을 감히 방해하다니. 크으으악."

교장 선생님이 획 돌아보며 소리쳤다. 이때 교장 선생님의 얼굴을 본 사만이는 소스라치게 놀랐다.

"어, 어, 얼굴에 누, 눈만 있어요. 이, 이, 입이 없는데 어, 어, 어떻게 꼬, 꼬치를 먹여요?"

사만이가 말했다.

"말 더듬지 말고 정신 차려. 눈이 커서 그렇지 아래에 보면 콧구멍이 보여. 그리고 콧구멍 밑에 보면 입도 있어. 자, 내가 달려들어서 잡을 테니 둘은 꼬치를 먹여."

강림은 물속을 첨벙첨벙거리며 달려가 교장 선생님을 뒤에서 붙잡았다. 뒤따라간 당당이 그 순간을 놓치지 않고 교장 선생님의 입을 벌렸다. 교장 선생님이 발버둥쳤다.

사만이는 꼬치를 교장 선생님 입에 집어 넣었다. 교장 선생님이 더 심하게 몸을 비틀었다. 그 바람에 당당이 교장 선생님 입을 놓치고 말았다. 순간 교장 선생님이 사만이의 손등을 물었다.

"악!"

사만이 손등에서 피가 뚝뚝 떨어졌다.

"이얏."

사만이는 아픈 것도 아랑곳하지 않고 더 힘껏 꼬치를 교장 선생님의 입에 넣었다.

"크아아악."

꼬치가 막 교장 선생님의 입안으로 들어갔을 때였다. 천장에서 갑자기 물이 쏟아져 내렸다. 강림과 당당 그리고 사만이는 폭포처럼 쏟아지는 물을 뒤집어썼다.

"토끼 간을 떼었다 붙였다 한다고 해도 믿는데, 학교에 귀신이 나타난다고 믿게 하는 거 정도야 누워서 떡 먹기지. 학교에서 아이들을 다 내쫓으면 이곳은 내 세상이 될 수 있다고 했어. 이곳에 물을 가득 채우면 그야말로 훌륭한 내 놀이터가 될 수 있는데, 어디서 저승사자 따위가 나타나서 방해를 하는 거냐?"

교장 선생님이 노여운 목소리로 말했다.

"누가, 누가 그런 말을 했지? 누가 너를 꼬드겼냐?"

강림이 묻는 바로 그 순간이었다. 교장 선생님은 커다랗고 시퍼런 물고기로 변했다. 사만이는 지금까지 사만 년을 살면서 그런 물고기를 본 적이 없었다.

"이런, 그자가 누군지 알아내기도 전에 원령이 제 모습을 드러냈군."

그때였다. 시퍼런 물고기가 퍼덕이면서 천장에서 물이 더 쏟아졌다. 강림과 당당 그리고 사만이는 또 물을 뒤집어써 정신을 차릴 수가 없었다. 그사이 시퍼런 물고기는 복도로 미끄러지듯 빠져나갔다. 그리고 곧 사라졌다. 잠시 뒤, 휴게실에 가득 찼던 물도 거짓말처럼 없어졌다.

"뭐지? 왜 원령의 모습이 안 보이지? 인형이 남아 있다든가 연기가 난다거나 뭐가 있어야 하는데……."

강림은 어리둥절했다. 여태까지 이런 적은 없었다.

"원령을 놓친 거 아니야?"

당당이 주위를 획획 둘러보고는 물었다.

"바리가 만든 음식을 먹고 분명 원령이 제 모습을 드러냈는데 대체 어떻게 된 거람."

강림이 말했다.

"손이 너무 아파요. 손등에 이빨 자국이 났어요."

사만이가 이빨 자국이 난 손등을 다른 손으로 감싸며 발을 동동 굴렀다.

❧

사만이의 손등에 난 이빨 자국은 점점 더 선명해졌다.

"오늘 밤만 참아라. 내일은 꼭 원령을 잡을 테니. 뭘 더 넣어야 최강의 원령을 잡는 꼬치가 될까?"

바리는 꼬치 소스를 더 강력하게 만들었다. 그러느라고 밤늦게 잠이 들었다.

-찰랑, 찰랑, 쏴아, 쏴아.

잠이 들었던 바리는 이상한 소리에 벌떡 일어났다.

"맙소사."

방에 물이 차오르고 있었다.

"바리, 분식집이 물에 잠기고 있어."

강림과 당당 그리고 사만이가 소리쳤다. 물이 탁자 다리 위로 서서히 차오르고 있었다.

-쏴아아아아아.

갑자기 천장에서 물 폭탄이 쏟아졌다. 바리와 강림, 당당과 사만이가 물을 뒤집어쓰고 어안이 벙벙했다. 모두가 어쩔 줄 몰라 하고 있을 그때였다.

"내 일을 방해하지 마라. 내 일에 훼방을 놓는 자들은 다 가만두지 않을 테니."

교장 선생님이 쏟아지는 물속에서 나타났다. 인어처럼 상체는 사람이고 하체는 물고기였다.

"아니, 이게 누구인가?"

교장 선생님이 바리를 보고 놀라는 눈치였다.

"왜 네가 여기에 있는 거지? 그것도 나를 방해하는 저승사자와 함께 있다니……."

교장 선생님은 바리를 머리부터 발끝까지 훑어봤다.

"나를 알고 있나 보군."

바리가 말했다.

"모르면 더 이상한 거 아닌가? 저승 문턱에서 만나서 아주 비밀스러운 이야기를 내게 해 준……. 아, 아니군. 물을 뒤집어써서 헷갈렸어. 흠, 얼굴이 많이 닮기는 했어. 흠, 너는 바리? 듣던 대로 이승에서 원령들을 잡고 있군."

교장 선생님은 바리를 빤히 보다 눈길을 돌렸다.

"맞아. 난 바리야. 그런데 좀 전에 네가 한 말……. 저승의 문턱에서 너에게 비밀스러운 이야기를 해 준 자와 내가 얼굴이 닮았다고?"

"내가 그런 말을 했었나? 잠시 착각해서 헛소리를 했군."

교장 선생님은 당황한 눈치였다. 절대 말해서는 안 되는 비밀을 말한 사람처럼 말이다.

"나는 한때 용왕이었지."

교장 선생님은 말을 돌렸다.

"강과 바다, 세상의 모든 물을 다스리는 천하의 용왕, 용왕이었다고! 그런 내가 한낱 토끼한테 속아 병도 고치지 못하고 죽었어. 앓던 병이 깊어져서 죽은 걸로 다들 알고 있지만 나는 앓던 병 때문에 죽은 게 아니었어. 토끼에게 속은 게 분하기도 하고 내 스스로가 한심하기도 했지. 그 마음이 또 다른 병이 되어 죽은 거다."

"음음. 용왕의 원령이었군. 그래서 다른 원령들과는 차원이 달랐어."

강림이 중얼거렸다.

"네가 용왕의 원령이든 뭐든 모든 원령들은 저승으로 가야 한다."

바리가 큰 소리로 말했다.

"크하하하하하. 그런 말이 나한테 통할 것 같으냐? 천만의 말씀! 나는 토끼에게 속아서 죽은 게 분해서 견딜 수가 없어. 그런데 저승으로 가라고?"

"내가 저승에서는 편히 지낼 수 있도록 빌어 주마."

바리가 말했다.

"시끄럽다. 나는 그렇게 호락호락하지 않아. 나는 이 세상을 다 물바다로 만들 것이다. 일단 저기 저 학교에서 아이들을 내쫓으면 학교는 나의 바다가 될 수 있다고 했다. 학교를 내 바다로 만들고 나서 학교 뒤에 있는 아파트도 내 바다로 만들 계획이지. 아파트에 사는 사람들을 어떻게 내쫓을까 지금 고민중이지. 구청장이나 시장으로 나타나면 될까? 아무튼 사람들이 홀딱 속을 만한 힘 있는 사람으로 나타나야지. 사람들은 지위가 높은 사람이 하는 말을 쉽게 믿더라고. 깊이 생각도 안 해 보고 멍청하게 말이야. 크하하하하하."

"한낱 토끼에게 속아서 죽은 네가 그자의 말을 믿고 사람들을 속이겠다는 거냐? 그만두고 저승으로 가자."

"시끄럽다고 했지? 이상한 걸 먹여서 나를 이 모양으로 만들어 놓다니, 용왕 체면이 말이 아니야. 어쩔 수 없지. 다리가 물고기 꼬리로 변해 버렸으니 이제 긴 치마를 입고 다녀야 겠군."

교장 선생님이 이를 바득바득 갈았다. 바리는 교장 선생님 의 눈을 피해 사만이 옆구리를 찔렀다. 꼬치를 가지고 오라는 뜻이었다. 사만이는 몸을 낮추고 슬그머니 빠져나와 주방으 로 갔다. 그사이 강림과 당당은 서로 눈빛을 주고받았다.

"나와 닮았다는 그자에 대해 자세히 말해 봐라. 그자가 나 한테는 무슨 일이 있어도 비밀로 하라고 했겠지만."

바리는 교장 선생님을 자신에게 집중시키기 위해 한 발 더 가까이 다가서며 말했다.

"말하긴 뭘 말해? 내가 착각해서 헛소리를 한 거라니까."

교장 선생님이 소리를 빽 질렀다.

"지금이야!"

강림과 당당이 교장 선생님에게 달려들었다. 사만이가 꼬 치가 가득 든 그릇을 들고 왔다. 강림과 당당은 뒤에서 교장 선생님을 잡고, 바리가 교장 선생님의 입을 억지로 벌렸다.

"빨리 먹어야 내 손도 낫지."

사만이는 꼬치를 교장 선생님의 입에 넣어 주었다.

"꿀꺽꿀꺽 삼켜라. 어서 먹고 저승으로 가자."

바리가 말했다.

"으으으으으으아악."

꼬치를 먹은 교장 선생님이 몸부림을 쳤다. 강림과 당당은 교장 선생님을 놓치지 않으려고 온 힘을 다해 잡았다. 잠시 후 교장 선생님이 물고기로 변했다. 팔딱거리던 물고기는 곧 잠잠해졌다.

❧

"바리, 분식집에 물이 빠지지 않아."

바리가 원령을 달래 저승으로 보내고 난 후에도 물은 빠지지 않았다.

"빠지지 않으면 퍼내야지."

넷은 아침이 올 때까지 분식집에 찬 물을 퍼냈다. 퍼내도 퍼내도 끝이 없던 물은 아침 해가 반짝 떠오르자 신기하게도 사라졌다.

"물은 사라졌어도 모든 게 다 젖었으니 큰일이군."

바리가 분식집을 둘러봤다. 모든 게 다 엉망이었다. 주방 기구도 탁자도, 의자도 물에 젖어 있었다.

"이대로는 장사를 할 수 없을 거 같은데요."

사만이가 말했다.

"그럴 것 같군."

강림과 당당이 동시에 말했다.

"이참에 그냥 분식집 문을 닫으면 어떨까요?"

사만이가 바리에게 조심스럽게 말했다. 사만이는 이 기회에 강림과 당당에게서 벗어나고 싶었다. 그러나 바리는 아무 대답도 하지 않았다. 무슨 생각에 잠긴 듯 했다.

"분식집 문을 닫으면 안 될까요?"

사만이가 다시 물었다.

"저승의 문턱에서 원령들을 꼬드겨 이승으로 보내는 자! 그자가 누구인지 알 것 같아."

바리가 혼잣말처럼 중얼거렸다. 그러고는 분식집을 내부 수리한다는 현수막을 만들어 문에 걸었다.

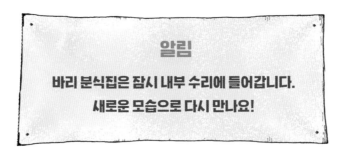

알림

바리 분식집은 잠시 내부 수리에 들어갑니다.
새로운 모습으로 다시 만나요!

"가만아. 아무래도 바리가 분식집 문을 닫을 것 같지는 않구나. 우리 셋이 가게에 가야겠다. 새로 물건들을 사 들여야 장사를 하지."

강림이 말했다.

쨍한 아침 햇빛이 분식집으로 들어오고 있었다.

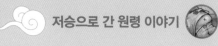

# 배가 고파도 아무것도 먹을 수 없어!

### 옛이야기 속 '아귀'

**염라대왕** 오호라, 이번에도 바리가 돌려보낸 원령이 왔구나. 배는 산처럼 크고 불룩한데 목구멍은 바늘처럼 좁으니 먹은 것을 넘기지 못하게 생겼구나. 네 비쩍 마른 모습을 보아하니, 너는 아귀가 틀림없구나.

**원령** 그렇습니다. 저는 몹시도 굶주려서 너무도 배가 고픈 귀신, 아귀이지요.

**염라대왕** 아귀는 배고픔과 목마름의 고통에 시달린다고 들었다. 네 입으로 말해 보아라.

**원령** 예, 말씀해 주신 대로가 맞습니다. 살아 있을 때, 죄를 지으면 저 같은 아귀가 됩니다. 특히 정신적으로나 물질적으로나 탐욕을 부리다 악행을 저질렀을 때 아귀가 되지요. 아귀는 악행에 대한 벌로 배고픔과 목마름의 고통을 당합니다. 음식을 먹으려 하면 음식이 불꽃으로 변해 먹을 수가 없어 늘 굶주림에 시달리지요. 한 끼만 굶어도 힘든데, 이런 상황이 끝나지가 않습니다. 아귀가 받는 배고픔의 고통은 이루 다 말로 할 수 없을 정도로 극심합니다.

**염라대왕** 고통이 그토록 극심하다니 탐욕을 부려 받은 벌로 참으로 적절하지 않느냐?

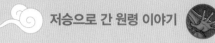

저승으로 간 원령 이야기

# 제발 우리 좀 도와줘!

### 〈장화홍련〉 속 '장화와 홍련'

**염라대왕** 자매가 나란히 돌아왔구나.

**원령** 예, 저희는 장화와 홍련입니다. 부모님께서는 언니인 제가 장미 같은 아이라는 뜻으로 장화, 동생에게는 붉은 연꽃처럼 예쁜 아이이어서 홍련이라는 이름을 지어 주셨지요.

**염라대왕** 너희가 억울하게 죽음을 맞이했다는 이야기는 알고 있다. 하지만 이곳에서는 자기 입으로 직접 설명하는 것이 규칙이니, 스스로 말해 보아라.

**원령** 예. 맞습니다. 저희는 사이 좋은 자매였습니다. 그런데 어느 날 어머니가 시름시름 앓다가 세상을 떠났습니다. 아버지께서는 저희를 홀로 키우는 것이 쉽지 않아, 새어머니를 맞이하셨지요. 새어머니는 저희를 못마땅하게 여기셨습니다. 저희가 있으면 재산을 나눠야 하니 아까웠던 것이지요. 그래서 저, 장화를 모함하더니 급기야는 자신의 아들과 짜고 저를 연못에 빠뜨려 죽게 만들었습니다. 제가 죽은 뒤, 홍련이도 괴로워하다가 같은 연못에 뛰어들게 되었지요.

저희는 억울한 사연을 알리려 귀신의 모습으로 원님들 앞에 나타났지만, 그들은 저희를 보자마자 무서워 죽어 버렸습니다. 그렇게 원님들이 죽어 나가던 중 한 용기 있는 원님이 부임해 왔습니다. 그 원님은 귀신의 모습으로 나타난 저희를 보고 놀라기는 하였으나 저희의 사연을 끝까지 듣고 원한을 풀어 주었지요.

**염라대왕** 쯧쯧, 처음부터 원님이 너희를 도왔더라면 많은 비극을 막을 수 있었을 텐데 안타깝구나.

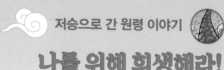
# 나를 위해 희생해라!

### 〈토끼전〉 속 '용왕'

**염라대왕** 용왕이로구나. 어떤 사연 때문에 이곳에 오게 되었는지 직접 말해 보아라.

**원령** 저의 이야기는 〈토끼전〉이라는 유명한 이야기를 통해 전해져 내려오지요. 저는 제가 병이 들자 토끼 간을 구하기 위해 신하를 육지로 보냈습니다.

**염라대왕** 그 신하가 별주부 자라 아니더냐? 별주부가 결국 토끼를 용궁에 데려오지 않았느냐?

**원령** 맞습니다. 별주부는 토끼의 지혜를 칭송하면서 토끼를 속여 용궁으로 데려왔지요. 용궁에 도착한 토끼는 별주부가 자기 간을 노려 거짓말을 한 것을 알게 됩니다. 토끼는 꾀를 내어 자기 간을 육지에 두고 왔다고 거짓말을 하지요.

**염라대왕** 너희는 그 거짓말에 속지 않았느냐?

**원령** 맞습니다. 그 말을 철석같이 믿고 토끼를 육지로 돌려보냈지요.

**염라대왕** 네 욕심 때문에 간신들을 이용해 힘없는 토끼를 속이고 이용하려다가 당한 것이니, 뿌린 대로 거둔 것 아니겠느냐.

오싹하고 수상한 분식집이 궁금하다고?

# 강림이 오가는 저승 전격 탐구!

〈천지왕 본풀이〉 속 '대별왕'

**Q1** 대별왕은 어디를 다스리는 왕일까?

❶ 이승
❷ 저승

**Q2** 세상을 다스리는 천지왕이, 자신을 찾아 온 두 아들 대별이와 소별이에게 처음으로 준 과제는 무엇일까?

❶ 지하에 사는 괴물 무찌르기
❷ 하늘에 있는 해와 달 쏘아 떨어뜨리기

**Q3** 천지왕이 대별이와 소별이에게 두 번째로 준 과제는 무엇일지 상상해서 적어 봐.

(                    ) 키우기

강림에 이어 당당까지 합류하며 저승사자 직원이 두 명이나 생긴 간 떨어지는, 아, 아니 바리 분식집! 그렇다면 강림과 당당이 온 저승에는 저승사자 말고 또 누가 있을까? 죽은 이의 영혼을 심판하는 염라국의 왕은 염라대왕이지만, 저승 전체를 다스리는 왕은 대별왕이란다. 대별왕이 어쩌다가 저승을 다스리는 왕이 되었는지 궁금하지 않니?

먼 옛날, 세상을 다스리는 천지왕과 총명부인이 대별이와 소별이라는 쌍둥이 아들을 낳았단다. 소년이 된 대별이와 소별이가 아버지인 천지왕을 만나러 갔어. 그때 천지왕은 아들들에게 어려운 숙제를 내주었단다.

그때만 해도 하늘에 해와 달이 두 개씩 있었대. 그 바람에 낮에는 너무 덥고 밤에는 너무 추워서 사람들이 살기가 참 어려웠던 거지. 천지왕은 아들들에게 해와 달을 각각 하나씩 화살로 쏘아 떨어뜨리라고 했어. 대별이와 소별이가 성공하자, 천지왕은 두 아들에게 각각 이승과 저승을 다스리라고 했지.

그런데 둘 다 이승의 왕이 되고 싶어 했고, 천지왕은 은대야에 심은 꽃나무를 잘 키우라는 과제를 내주었어. 비록 소별왕은 속임수를 써서 이겼지만 결국 원하던 대로 이승을 다스리게 됐고, 대별왕이 저승을 다스리게 되었대.

# 간 떨어지는 분식집

**④ 귀신마저 반하는 꼬치**

글 | 박현숙  그림 | 더미  감수 | 조현설

**1판 1쇄 인쇄** | 2024년 11월 13일
**1판 1쇄 발행** | 2024년 11월 20일

**펴낸이** | 김영곤
**프로젝트1팀장** | 이명선
**기획개발** | 이하린 김현정 조영진 강혜인 최지현 채현지
**아동마케팅팀** | 장철용 황혜선 양슬기 명인수 손용우 최윤아 송혜수 이주은
**영업팀** | 변유경 김영남 강경남 황성진 김도연 권채영 전연우 최유성
**디자인** | 리처드파커 이미지웍스 **교정교열** | 김익선

**펴낸곳** | (주)북이십일 아울북
**등록번호** | 제406-2003-061호
**등록일자** | 2000년 5월 6일
**주소** | 경기도 파주시 회동길 201(문발동) (우 10881)

**전화** | 031-955-2408(기획개발), 031-955-2100 (마케팅·영업·독자문의)
**브랜드 사업 문의** | license21@book21.co.kr
**팩시밀리** | 031-955-2421
**홈페이지** | www.book21.com

ISBN 979-11-7117-255-9
ISBN 979-11-7117-251-1 (세트)

**! 주의** 1. 책 모서리가 날카로워 다칠 수 있으니 사람을 향해 던지거나 떨어뜨리지 마십시오.
　　　　 2. 보관 시 직사광선이나 습기 찬 곳을 피해 주십시오.

• **제조자명** : (주)북이십일
• **주소 및 전화번호** : 경기도 파주시 회동길 201(문발동) / 031-955-2100
• **제조연월** : 2024.11.20
• **제조국명** : 대한민국
• **사용연령** : 3세 이상 어린이 제품

KC마크는 이 제품이
공통안전기준에 적합
하였음을 의미합니다.